卖票的

许明/著

疯人院

南海出版公司

2005 · 海口

图书在版编目（CIP）数据

卖票的疯人院/许明著.—海口：南海出版公司，
2005.10
（饕餮80后）
ISBN 7-5442-3214-X

Ⅰ.卖... Ⅱ.许... Ⅲ.长篇小说—中国—当代
Ⅳ.I247.5

中国版本图书馆 CIP 数据核字（2005）第 102444 号

MAI PIAO DE FENGRENYUAN
卖票的疯人院

著　　者	许　明
责任编辑	张筱荼
特约编辑	羡晓倩
装帧设计	03 工舍
出版发行	南海出版公司　电话：（0898）65350227
社　　址	海口市蓝天路友利园大厦 B 座 3 楼　邮编：570203
电子信箱	nhcbgs@0898.net
经　　销	新华书店
排　　版	北京百通图文公司
印　　刷	北京通州京华印刷制版厂
开　　本	880×1230　1/32
印　　张	7
字　　数	134 千
版　　次	2005 年 10 月第 1 版　2005 年 10 月第 1 次印刷
印　　数	1～8000 册
书　　号	ISBN 7－5442－3214－X
定　　价	16.50 元

目录

CONTENTS

001　序　言

001　引　言

003　　　　　　　　　　　　　第一部分　卖票的疯人院

004　第一章　老人与莫扎特

020　第二章　玫瑰大街

027　第三章　空房子

034　第四章　零零三

039　　　　　　　　　　　　　第二部分　庄子和鱼

040　第一章　小偷"吴小林"的神秘死亡

049　第二章　无处飞

054　第三章　一个人跳两个人的舞

目录

CONTENTS

065　第三部分　陈鱼的过去

066　第一章　非在天空的城市

071　第二章　狗尾草巷子

087　第四部分　院长之死

088　第一章　没有过去的人

095　第二章　逃

100　第三章　飞向天空的骨灰——爷爷

109　第四章　舞不出的今生

114　第五章　老人之死

139	第五部分　最后
140	第一章　从零开始,从零结束
144	第二章　以前,以后
152	第三章　其实并没有一个真相

167	附录　非在天空的鱼
168	第一章　风筝
174	第二章　非在天空的鱼
182	第三章　非在天空的城市

203	跋　追寻幸福
207	关于许明的点滴

序 言

天堂的隔壁

天堂的隔壁是疯人院。

天堂和疯人院是紧紧挨着的两幢房子，生活在天堂里的人是幸福的，生存在疯人院里的人也是幸福的。他们惟一的不同之处就是，天堂之外的人看天堂里的人是幸福的，看疯人院里的人却是不幸的。然而幸福和不幸都是自己的，别人又怎能说清楚呢？

活着的人都没有去过天堂，于是只能退而求其次，去天堂的隔壁——疯人院去看看。尽管票价很高，但最大的好处就是，去了之后还能回来。而天堂的票价虽低，甚至可以一分钱都不用花，最大的坏处就是去了之后就将永远留在那里了。

很久以前，欧洲有一个国家，国家的君主把这个国家里所有的疯子，都驱逐到北部的一个小镇子上，那里终年有厚厚的积雪，可以封杀导致人疯掉的病毒，许多年之后，在那里生存的疯子，在那里建立了美丽的城堡。又很多年过去之后，那些正常的人们逐渐地忘记了住在那里的是一群疯子，开始和他们交往，后来那个镇子成了著名的

旅游胜地，人们竞相来到这里，除了滑雪之外，就是要参观那群古老的疯子留下的美丽的一切。

这个故事是我听来的。

精神病人的智商都不低，他们因为内向而更多思考，很多人的抽象思维能力很强，而失常的发散性思维，可能使他们很有创造力。

这是我为这个故事找到的惟一的科学依据。

虽然疯子和天才只差一步，但还是有人找到了。

这个人就是小说中的主人公，一个倔强而又睿智的老人，他在自己住进监狱之前一直是疯人院的院长，一直和天堂只有一墙之隔，他进监狱的理由是因为无法拒绝一个美丽的精神病女患者对于死亡的乞求，而帮助那个美丽姑娘实现了安乐死。他并没有获得宽恕，尽管这是一个善意的杀人！尽管对死者是莫大的恩德。

在监狱中生活了近二十年的老人，陪伴他的只有一本《莫扎特传》，于是，他终于在莫扎特的人生中发现，天才与疯子不仅是一线之隔，还可以同时存在。于是他找到了三个天才，分别叫他们001、002、003，似乎人世间所有的名字都配不上天才，所以只能用代号来称呼他们。

001是一个会讲故事的人，只会讲一个故事，他一辈子就靠一个故事活着；或者说，一辈子就是为了讲述或者演绎一段故事。人若太沉迷一个故事，就会分不清楚自己究竟是谁，忘记了哪个是真正的自己，哪个是戏中人。

002 是一个钢琴家，002 的疯狂来自于他无法控制自己弹出的钢琴曲对自己情绪的影响。比如他弹奏关于战争的悲壮的曲目时，自己就会变成一个威风凛凛的将军，或者永不退缩的士兵；而当他弹奏委婉动听的曲目时，自己又变成了一个才气十足的书生，或者温文尔雅的女子。在弹奏激动时暴躁的像个屠夫；轻柔时又静若处子。而这一切都源于 002 的琴声太有震撼力，太有蛊惑力。

003 是一个凡人，她是三个人当中惟一有名字的人，陈鱼。她在成为 003 之前只是一个普通的洗衣店的女工，但她的梦想，使得她总是穿上那些洗好的却不属于她的衣服，扮演着衣服主人的角色游荡在城市的各个角落。

天才有一个共同点，即在他们的身上都有着一个独立于这个世界之外的与这个世界格格不入的世界。而这些天才还可以分成两类，一种人只是冷眼旁观，他们对这个世界太清楚了（或者说太绝望了），所以他知道自己永远不可能进到里边去，也终究没有进去；而还有一种人比如陈鱼，却是那样地迷恋这个世界，她终其一生都对这个世界注入了极大的热情，值得欣慰的是，她终究进去了，也终究遍体鳞伤。

老人把他们带到了自己的院子中，创建了世界上惟一的卖票的疯人院。

只不过老人忘记了，这个世界上无论什么都是可以被展示的，服装，骨骼，动物、植物、昆虫标本，人的尸

体，感情……除了活着的人——因为人的道貌岸然。

于是注定了老人和疯人院不会有一个美丽收场。

好在还有那些天才们，无论什么时候，在什么地方，天才们总会给我们留下一个假想的尾巴，也正是那些假想的尾巴，改变了整个世界。

最终让世界变得动人起来，并充满了奇迹。

其实，在现实社会中，我们常常遇到这个场景，一大群人围着一个疯子，人群和疯子在一起笑，然而究竟是我们笑疯子，还是疯子笑我们？这也是一个问题。

其实疯子和我们是两个世界的人，我们看不懂他们，他们却能看懂我们。他们自有他们的世界，只是我们永远都进不去。

"从明天开始，砍柴，喂马，面朝大海，春暖花开"这是我所听到过的最温暖的诗句，海子却在写出这句诗的第二天，卧轨自杀。很多年过去了，对这样的事情我们还是无法释怀，海子究竟是天才还是疯子？永远没有准确的答案，人心比这个世界更加不可捉摸。

所有的人在正常的一面的掩盖下，都有着不寻常的另一面，这让我更透彻地看清楚了这个世界，和之前一直看不清楚的人。

能够渐渐看清楚这个世界，意味着渐渐长大。

我知道很多人潜意识里都觉得，80后作家不过是一群乳臭未干的孩子；很多的时候我自己也认为自己仍然是

个孩子。只是偶尔，才意识到自己已经年满二十四岁了。

J.k.罗琳在二十四岁萌生了创作《哈里·波特》的念头；

肖洛霍夫在二十四岁开始创作《静静的顿河》；

小仲马更是在二十四岁就写出了举世闻名的《茶花女》。

无论如何我是不敢和那些作家相比的。所以，当我写出《卖票的疯人院》时，只能一个人偷偷地笑。

仅仅为了自己的长大。毕竟，长大总不是一件丢脸的事情吧！

作者

2005 年 8 月

引　言

无论人们起多早

都会看到那个叫陈鱼的女子

无论人们走多晚

都会看到那个穿长裙的女子

她一动不动坐在玫瑰大街的长椅上

怀中抱着一个紫色的鱼缸

里边只有一条昏昏欲睡的章鱼

身后是一片破败的院落

心肠好的人从她身前走过

会塞一枚硬币在她手里

脱落从长椅的缝隙落到甬路上

声音清脆

人们绕过她走到院落里

满院荒芜　四壁斑驳

人们边走边说

陈鱼当年就住在这里——还指出了那个走廊尽头的

房间

还说

她在等一个老人——他建立了这间特殊的疯人院

或者

她在等一个少年——他将疯人院变成了这副模样
当他们要她在两人之间作出选择的时候
她说我能两个都选吗
每个男人都会希望自己的一生中能遇到这样的女子
未必聪明却笃定
会一直等等等等等下去
即便那是很荒唐的念头

第一部分　卖票的疯人院

外面是黑暗。雨沙沙地落在屋顶的斜窗上。我可以看到那尘封的表面，湿漉漉的痕迹。在这建筑以外的黑暗空间里有亮着灯的窗户。若视力延长，可以看到人们在窗帘后面移动，专注于他们每夜的工作和梦幻，每人活在他自己那幻想、欲望、仪式和爱好的小小的茧里。

——布莱顿《自白》

第一章　老人与莫扎特

这个城市有属于自己的真实名字，只是人们已经不记得了。住在城市中和城市之外的人们都愿意称呼这座城市为"庞贝"。因为，它是一座灰红色的城市；因为，它让人看到了繁华的哀伤和天堂的失落；因为，它预示着覆灭。

玫瑰大街是这个城市最美丽的街道。然而，玫瑰大街上最壮丽的一幢房子里，却只剩下了老人和他的管家，形单影只，不管他一生是否叱咤风云。

零点早就过了，屋子没有窗帘，树的轮廓影影绰绰地映了进来，老人把灯光调到最亮，却抵御不了窗外无边的黑暗。老人的管家，站在门口睡了一觉又一觉，不劝老人也不发牢骚，只是默默地陪着。

"帮我把《莫扎特传》拿来，之后你就去睡吧！"老人突然张口说。

管家姓吴，"唉"了一声，很快从书房拿来了书，然后依然静静地站在门口，老人不睡他是从来不会先睡的。

《莫扎特传》是老人在监狱里的时候，一个探访他的人留下的，不过老人并没有见到送书的那个人，那个人也没有留下名字。不过这并不重要，重要的是在监狱中那段寂寞的日子中，老人每天以这本《莫扎特传》度日，而老人即便知道了送书的人是谁，那人也不会在监狱中一直陪伴着老人。

那书并不厚，不到三百页，老人开始也以为会有人在书里藏下玄机，帮助他逃离监狱。

不过书里，既没有藏下一把斧子，也没有藏下一张地图。书里面只有一个很普通的蜻蜓标本。对此，老人有一些失望，不过这本书毕竟陪伴着老人挨过了那段最寂寞的日子。日子无论在哪里，都是度过。

也正是因为这相依为命的情感，所以在出狱的时候，老人把监狱里的所有东西都分给了狱友，惟独带出了这本书。

其实，老人将书带回来之后也是很随意地放在书柜的一角。今天却不知道怎么鬼使神差地又想起了这本书。

或许因为这样的夜，和老人在监狱的夜，一样寂寞吧。而同样寂寞的夜里，就会想起同样寂寞的人，或者什么。

"你知道莫扎特吗?"老人一边漫不经心地翻书，一边问管家。

其实书中的大部分文字老人已经倒背如流了，但他还是习惯性的翻书，这不仅是一种习惯，更是一种迷恋，他发现，每次都能够在那个音乐天才的身上发现不同的东西。

"只是听过他的音乐。"管家老实地回答。

老人干笑了笑，然后说："当人们听着莫扎特的音乐尽情地陶醉的时候，谁都不会想到莫扎特其实是一个举止粗俗、长相丑陋的矮子，尤其是在他笑的时候，仿佛一个

多动的猴子。"

吴管家也笑了，他从未想过莫扎特居然是这副模样。因为他是天才，而天才的模样又怎么能丑陋呢？

然而，老人并没有笑，相反却突然变得一脸的严肃地说："他的全部天才都集中在音乐上。以至于你若爱的不仅是他的天才而是他的全部时，他在你眼中多半是一个疯子。"

很多的天才都是这个样子。如果抛掉他天才的部分去看他，他百分百的是个疯子！

然而管家却懒得关心这些，这个时候吴管家只是安静地略带些憨厚地笑着，他知道自己的职责只是站在这里听，而并非听懂，就好像田野里的稻草人，职责就是站在那里，能吓到麻雀最好，吓不到也不算失职。

而老人更好像那大胆的麻雀，完全不顾及稻草人而只是自顾自地说下去。同样，他也只是想说，而并非让某个人明白他说的是什么。

"即便如此还是有人爱着像莫扎特这样的天才，贪恋着散发在他们身上奇迹般的光芒，沐浴在这种光芒中，哪怕只是一瞬间，也会感到无比的幸福。

"萨切特就是这样一个人。萨切特终其一生都生活在这种光芒之下，但同样作为一个音乐家，伴随着这种幸福而来的，还有因为嫉妒而产生的痛苦。

"萨切特是一个庸才，是夹在天才与庸人之间的人。做一个庸才是痛苦的，甚至比做一个庸人还要痛苦，因为庸人会很快乐地活在混沌的世界中，不能认出天才，也不

会想成为天才；而庸才的最大痛苦就是，他能够认出天才，却永远也不能成为天才。所以，萨切特会愤怒地质问上帝，为什么他如此虔诚，而上帝却选择莫扎特唱出了神的声音？这种愤怒源于，当辛勤而虔诚的人们渴望着上天赐予他再多一点点灵感时，莫扎特却任意挥霍着上天赐予他的天分。"

老人边说边打开那本并不厚重的《莫扎特传》，翻到最后一页轻声地念起：

"显然，这个世界更多的是被像萨切特这样的庸才操纵着的，和大多数天才穷困潦倒的一生相比，他们的生活像天堂，所有的庸人们都在为他们喝彩，奉上鲜花和敬意。但他们却无法欺骗自己，天才的出现，仿佛神的光芒，让他们不得不仰视，不得不对这个世界存在着一丝敬畏之心。于是一方面他们嫉恨着天才，像萨切特嫉恨着莫扎特——千方百计地诋毁和掩盖莫扎特的才华；另一方面，他们是爱着天才的，像萨切特爱着莫扎特——于是，在莫扎特临终前他们在一起写稿子的那个夜晚，成为了萨切特一生度过的最美好的一个夜晚；于是，在他毁灭了自己用整个灵魂去爱过的东西——莫扎特之后，陷入深深的死亡黑暗当中的不是莫扎特，而恰恰是他自己；于是，在莫扎特死后，萨切特，用刀片，割破了自己的喉咙，血流满地……"

这是《莫扎特传》的最后一段，老人已经看了无数遍，却依旧不能倒背如流；不过老人并不懊悔，因为他清楚自己真正要记得的并不是书上写什么，而是再一次看这

一段的时候，自己和上次想到的有哪些不同。

上一次老人想到："嫉恨和贪恋，说过来，说过去，哪个也逃不掉！"

这一次，老人头脑中一片空白。

"能帮我描述一下什么是天才吗？"老人对管家说，声音很无力。天才只存在在历史或者传说当中，很少有人能有幸和天才生存在同一个年代同一个地域当中；而且，即使生存在同一个时期当中，也未必是幸运。

于是，在凌晨三点，早已困意浓浓的管家立刻开始苦思冥想，搜肠刮肚。

天才，仅仅只有两个字，解释起来却并不容易，现实生活中并不是每个人都有幸遇到天才的，更不是每个人都有幸在遇到天才的同时能够认出天才。幸好，这世界上有许多关于天才的传说；幸好，管家刚好听过。

"一个男青年，形容消瘦，面色惨败，一手夹着烟，一手抱着乐谱，身上的风衣还带着四月的霉味，他刚刚从精神病院里走出来，穿过一条长长的街，来到了一家有钢琴的小饭馆，他浑身发抖地走进饭馆，径自坐在钢琴前边，手指碰到钢琴的刹那，整个世界消失了，他不再发抖，而是变得旁若无人。

"琴声响起，瞬间，那个充满了烟草和胭脂的小屋子，被神的光芒点亮了，小饭馆里的每一个观众都静止在琴声响起时的那个动作上，呆若木鸡，甚至连汪汪叫着讨骨头的狗都安静了下来。世界上一切能够发出的声响都在悲伤和汗颜。"

这个传说在世界上流传了很久，可除了惊讶之外并未改变什么，直到老人听到了这个故事，在他听到这则故事的刹那，那张曾经沧海而波澜不惊的睿智面孔，立刻焕发了初恋时才有的光彩。

与别人不一样，老人并没有关注故事中琴声的出神入化，他最关注的是那个年轻人是从疯人院中走出来的，因为老人也与疯人院有着千丝万缕的关系，在发生那场意外事件之前，他一直是疯人院的院长，遗憾的是，他在做院长的几十年里，所有的精力都耗费在如何筹集经费上，而不是如何治疗这些疯人；遗憾的是，他直到现在终于明白，自己真的是守着天大的财富，却在讨饭吃；而最遗憾的是，在他最有能力改变疯人院的一切时，因为一件特殊的事情，进了监狱，一关就将近二十年！

所幸，终究是出来了，也终究是明白了。

于是一个巨大的梦想，在他那即将枯萎的头脑中诞生出来。那样一个疯狂的梦想，让他焕发了人生的第二个青春。梦想总是这样，当人心怀梦想的时候，就会忘记自己的年龄，以为自己永远年轻。

"准备车子，我要去一趟疯人院。"老人对吴管家说。

"您不能去！"管家坚定地说。现在是凌晨四点，但这不是最重要的原因。最重要的原因是老人现在还处于软监禁状态！

十九年前，老人因为擅自给一个年轻的女病人实行了安乐死，而被判刑二十年，在老人在监狱里度过十五个年头之后，老人获得了保外就医的机会——就是可以住在自

己的房子中，有人照料，但一步都不能离开这座房子。

"更何况现在的院长还是李森，尽管已经过去了十九年，但您不要忘记当初是他把您送到了监狱里。"管家的声音透着怯弱，但仍然坚定地把自己想说的话说了出来。

"所有的事情都是需要代价的，去吧!"老人轻描淡写的语气，显露出不容置疑的坚定。

老人为帮助那个女孩儿死去，付出了二十年牢狱的代价;现在他为了实现自己的梦想，又必须面对一个他永远都不想面对的人。很多的时候，人们知道要付出代价却仍然继续做下去，更能显出一个人的刚毅和悲壮。

管家跟了老人几十年，了解老人的个性，于是只能叹着气，照做。

"你也不要忘记，我进监狱之前做的最后一件事情，就是把李森送到院长的位子上。"老人解释一下自己对李森的恩德——为的是给这个忠诚的管家一点安慰，也是给自己找一个李森能够帮助自己的理由。

为了这个梦想，老人又一次来到了疯人院，李森不是目的，他要来这里面找到他想要的天才。

尽管他知道，天才是奇迹，可遇不可求。

但天才真的是确实存在着，他们骄横跋扈，不懂事理，目空一切，或明或暗地生存在世界的某个角落，从不肯为任何人改变。

疯人院坐落在郊区，开车要一个小时。

故地重游，老人心中有些忐忑，再加上那个让自己激动万分的念头，把老人身上每一个原本已经沉睡的细胞都给唤醒了，狂欢着。

　　车子驶进了疯人院的院门，石碑还在，熟悉又陌生，老人的眼中透出难以名状的感慨。像这样三四米高，底座成正方形的石碑，在院落中实在很少见，更特别的是，石碑的四壁都密密麻麻地刻着老人亲笔题写的院训：

　　　　我们是最伟大的，因为只有我们有足够的精神力量来搭建自己的世界，只有我们始终坚持自己的生存方式，坚持自己的做人准则，坚持每一个人都应该像鸟儿一样可以自由地飞翔。然而，我们还是受到了伤害，因为我们要改变世界，因为我们对这个世界还善良地心存幻想。但我们承认自己伟大的同时又必须承认，许多的时候，我们软弱得没有任何还击之力。

　　　　其实，除了伟大，我们还是浪漫的，一个浪漫的人自己就是一个世界，根本就无须削足适履，更无须头破血流，其实，我们只要尽情地享受自己的世外桃源就好。因为，只有我们自己知道，我们是多么快乐的一群人。

　　　　我们来到这里，是因为我们失去了最后的庇护地，我们内心忍受着巨大的痛苦而无人可以倾诉，我们正在堕落，堕落到万劫不复的深渊。然而幸运的是，我们来到了这里，它像一面镜子一样，让我们能清楚地看到自己的真实面目——既不是想像中的君子，也不是心怀恐惧的懦夫，而是作为一个人，全体成员中的一员，为着共同的

目的，与大家分享着痛苦和欢乐，在这个环境
里，我们能微笑，并且成长，再不会像过去一样
的孤独。

之所以四个面都写，就是为了让这里居住着的每一个
人，在任何一个角度，都可以看到石碑上的字。因为，这
里住的是一群特殊的人，这群特殊的人里的大半，都会以
为看到石碑空白的一面，而以为整个石碑都是空白的。

只有包括老人在内的少数的人，会把这种特殊，看成
是一种可爱，一种单纯。

几十年来，所有的患者在吃饭之前都要一起背诵这段
院训，为的是激励他们能够获得自信，能够早一日像正常
人一样生活。几十年过去了，老人想着自己订下的规矩，
不禁无奈地笑了，真正疯了的人甚至至死，也不认识墙上
的字，不知道自己在说什么？而天才又哪里稀罕过正常人
的生活呢？而天才也好，疯子也罢，来到这里无非是想找
一个能够立命的地方。所以老人终于想通，只要自己能够
给这些人提供一个可以逃避世界的地方，也就够了。其他
的都不过是自己的异想天开。

老人来到了自己一手提拔起来的现任院长李森的办公
室。刚刚早上六点，但李森已经出现在办公室里了，那是
一个四十多岁的男人，平头，显得干练而又冷静。

屋子里烟雾缭绕，显然，李森昨晚一夜未睡。

两个人面面相觑了有十几分钟，渐渐凝固的空气中充
满了尴尬。

老人已经有十九个年头没有回到这里了。

　　尽管李森是老人最疼爱的弟子，但是在最关键的时刻李森却出卖了老人。

　　"对不起，我不曾想过后果有那么严重。"李森满脸惭愧地说，十九年来，他过得并不轻松，世界上的包袱，再没有什么比悔恨和内疚更重的了。

　　"没关系，你只是说出了你应该说的。"最初咬牙切齿的仇恨，终于被时间消磨殆尽了。

　　不过老人至今仍能记得十九年前的那个周末。十九年前，那个时候的老人正值壮年，那个时候的李森风华正茂。

　　那个时候医院里有一个叫阿黛的女精神病患者，那天她仅仅年满十六岁。最终阿黛将永远十六岁。

　　阿黛的病因来自很小的时候，那时她刚刚六岁，同母亲一起去滑雪，结果亲眼目睹母亲由于高速下落被雪橇扎入胸膛而死。于是，火车的铁轨，浅色床单上的对称线条，以及一切简单类似于雪橇的图形都会让她情绪反常，精神错乱，产生巨大的恐惧。

　　阿黛属于那种间歇式的精神分裂患者，平均一周里有六天处于精神病状态，还有一天是清醒的。在处于发病期的六天里，病人并不痛苦，最痛苦的是清醒的那一天，知道自己发病时候的状况，看到自己现在的样子。

　　事情往往都是这样，真正坏透了的人做坏事内心是不痛苦的，真正痛苦的是那些"良心被狗吃了，还没吃干净"的那一类人。

　　阿黛原本是李森专门护理的病人。

　　而恰巧，李森那天有事情，其他人都很忙，老人就没有安排别人，而是自己亲自来照料阿黛。至今，那一幕仍能再次清晰地浮现在老人的脑海里。

　　那是个下午，放风的时间，所有的病人都欢天喜地地出去嗅嗅清风，晒晒阳光。只有阿黛蜷缩在阴暗的角落，阿黛很好看，美中不足的是病魔将她折磨得瘦骨嶙峋。

　　老人看到阿黛的时候，恰巧赶上阿黛处于清醒的状态。

　　阿黛难得清醒的时刻就会对疯人院里的房间、伙伴产生巨大的恐惧；而如果她在外面，在她发病的期间，她身边的人就会对她产生无尽的恐惧。这是一个矛盾，永远也难以调和的。

　　老人轻声安慰着处于极度恐惧中的阿黛，阿黛也深深感受到了老人的慈祥。

　　于是，就在那样一个阳光灿烂的下午，阿黛蜷缩在阳光照不到的角落，求着当年刚刚过了四十的老人，让他帮助自己结束自己虽然年轻却并不美丽的生命。

　　老人动了恻隐之心，于是，扔下一支安乐死的针管，就离开了那间屋子。

　　也就是在那一刻，老人知道有一种女人的渴求，是无法抗拒的。

　　在这个特殊的院子里，生命的来来去去都像那个无风的下午一样悄无声息。然而这毕竟是一个年轻生命的终结，出了这个院子，就是一个可以被无限扩大的事情。

　　不幸的是，最终这件事情还是被传出了这个院子。

于是，一周之后，这件事被传得满城风雨。

老人虽然意外，却毫不惊讶。这个城市的人们一直以来就是这个样子，常常因为关注一些无关轻重的事情而忽视了那些本应备受关注的事情。

能够洞悉命运的老人知道，这是自己生命中的一次劫难，最好的结果是仅仅丢掉院长的职务，最坏的结果是一命抵一命。于是，在他还可以行使院长权力的最后几天中，用强硬的手法把李森提拔到院长的职务上。

然而，在法庭上，被提拔成院长的李森，却以阿黛的特护医生的身份提出了对老人最不利的证词：阿黛有治愈的可能性。

李森的论据很充分：既然阿黛是间歇性精神病患者，那么医生所要做的就是，无限大地扩大她清醒的那部分时间，无限大地缩小她犯病的那部分时间，阿黛就会慢慢地接近正常。

就是因为这席话，老人被判了二十年监禁；也正是因为这席话，老人不再争辩。

十九年来老人也一直在想这件事情，他无法不想，这是在他命运轨迹中，最出乎意料的事。尽管老人认为自己是罪有应得，而且他并不后悔，因为他知道是自己情感上的脆弱所以无法抗拒阿黛的请求，如果再有一次机会，老人仍然不能确定自己会拒绝。有多半的可能是，老人知错犯错，一错再错。

惟一让他想不通的是为什么李森会背叛自己。

老人想到了两种解释：一是李森的正直，坚持只有永

远对或错的事情，而没有永远对或错的人；二是李森爱上了阿黛。

老人更愿意相信后一种解释，因为后一种解释更像是一个人，而不是机器。

"忘掉那件事情吧！你并没有对不起我，而是我对不起阿黛！"老人说。这句话是百分百真诚的。

"我也是。"李森的语调比老人还真诚。只是他并没有说清楚自己究竟是对不起老人还是对不起阿黛。

"你今天来有什么事情吗?"两个人沉默了很长时间李森终于忍不住问。

于是老人简要地将自己的想法和李森叙述了一遍。

李森听清楚老人的想法之后，也显得非常的兴奋，但他仍然保持着冷静对老人说，容他想想，李森隐约感觉到有一点不妥，但具体是哪里出了差错，他也不是很清楚。

"那好吧！我也再想想。"老人说完就离开了疯人院，甚至没去病房看看病人，尽管有一些甚至是他几十年的老朋友，有许多的病人都是年轻的时候就被送进来，最后在这里终了。

老人也感觉到了自己的冒失，感觉到自己在想到了这个疯狂的想法之后，竟然像年轻的时候遇到自己心仪的爱人那样不知所措。

李森一直把老人送到了大门外，无论过去多少年，他对老人的尊敬始终没有变，始终把老人当作慈父和严师一样来尊敬。

李森帮老人打开了车门，在车门即将关上的刹那，老

人最终还是没能忍住问了李森那个压在他心中将近二十年之久的问题："你是爱着阿黛的吧！"

"我知道你想问什么？你是想知道在法庭上我为什么没有站在你那边，只是你的问题不对。所以即便我告诉了你这个问题的答案也不是你想要知道的答案。"

"我知道了，但愿我终有一天能够问对。也好死而瞑目。"

"我等着。"李森说完，轻轻关上了车门，目送车子消失。

"他刚才的话是什么意思？"管家边开车边问。

"就是说我想知道早饭吃什么？却问你路好走吗？"

"哦。我明白了。那早饭吃什么？"

油条，豆浆。简单却永远不变的早餐主题。

三天之后，老人接到了李森的电话。

李森说："卖票的疯人院，我开始也觉得这个想法很好，也很想去做，但我就是觉得有什么地方不妥，今天带女儿去动物园我终于想到了不妥之处在哪里？"

"哪里？"老人急切地问。

"疯人院里的人即使不是正常人，疯子也好，天才也好，至少他们都是人，我们没有权利把他们像动物一样，关在笼子里或者房间里，供人赏玩。"

"马戏团里的小丑呢？"老人还不死心。

"那是他们自己决定自己从事那个行业的，而不是谁操纵的。"

"哎。"老人一下子颓然起来。似乎人生中最后一个

梦想就此破灭了。

"不合法的事情我是不会去做的，可其实无论什么事情都可以用合法的手段来完成的。"李森话锋一转。

"快说！快说！"老人突然间像个孩子。

"我知道您年轻的时候有一个爱好，就是喜欢收藏和制作标本？"

"是！这有什么关系吗？"

"当然有！其实标本是什么，就是一种再现，一种复制，那么既然几千几万年以前的东西都能够制作出来，何况有详细史料记载的天才呢？"

"我知道了。"老人坚定而沉重地说。

或许，制作一个天才真的比发现一个天才容易得多吧！老人在内心里安慰着自己。

老人知道自己无论怎样都不会放弃这个想法的。

卖票的疯人院，一个多么伟大的想法啊！

老人在兴奋的同时，脑海中也不时地闪现着，他在那间正常的疯人院做院长的时候，那些正常人到那间正常的疯人院时的情景。

开始人们都是诚惶诚恐的，像害怕野兽一样不敢靠近住在疯人院里的人。然而当那些所谓的正常人真正走进去，看见里边的疯子们别具一格的表演，和一些稀奇古怪的想法时，爆发出动物吼叫般恐怖的笑声，无比疯狂的肢体动作和面部表情，比疯子更像疯子。

于是，总是出现一种匪夷所思的场景，一大群精神病人怜悯地看着那个正常的人手舞足蹈，像极了，这些精神

病人在外面形单影只的时候，被一大群正常人围观时的场景。

一直都是一群人在嘲笑一个人，一直都是被嘲笑的那个人看着周围人的无知有着举世皆醉我独醒的悲壮，一直都是一群人想改变那一个人，那一个人想改变整个世界。

一直都是，最终谁都未能如愿。

或者被改变的恰恰是自己。

第二章　玫瑰大街

玫瑰大街是这个城市最美丽的街道。

玫瑰大街是个很不错的意象，很容易让人们联想起爱情，以及一些关于邂逅爱情的浪漫而又虚无缥缈的东西。因为玫瑰的艳丽就注定了她终其一生都要与爱情纠缠不清，终究成了符号般的暗示，随时随地地挑逗着我们内心压抑着的幸福想像。玫瑰大街上每一天都有爱情发生，然而，在这条有着美丽名字的街道上，最著名的却不是关于爱情的或美丽或悲壮的传说，而是一个疯人院，一个卖票的疯人院。一个票价极高的疯人院，只实行会员制，一年的会费可以在城市的中心买下一幢庭院。

那个街道的春日上午有百年榕树静看车流人流，夏日午后有人鼾蝉鸣，秋日黄昏有和风斜阳，冬天有美丽的恋恋风尘。那个街道和那个城市一样没有色彩，有的只是黑白恬静的脸和一幅幅写意的画。街道上的那个疯人院和这个城市一样没有喧闹，有的只是死一般的寂静。

在夏日午后倦怠的风中，老人总喜欢向街道上看着，看着一个寂静的年轻女子，她整个下午都坐在长椅上，老人在想着女子的心思，想着女子的前世是否是一株忧伤不语的向阳花。

城市和街道幽闭着，人亦是无力的人。

老人已经注意那个女子好多个日子了，不因为女子的安静，也不因为女子的美丽，而是因为老人发现了一件很奇怪的事情，这个女子每天穿的衣服都不一样，而且从来没有重复过。

老人那已经渐渐生锈的脑子至今还能够清楚地记得。

第一天，年轻女子穿了一身中学生的校服，白衬衫，蓝裙子，像一个刚刚从学校里边逃课出来的学生，不知道自己要去哪里，只是想出来。

老人看到她，一下子就想到了自己的小女儿白菱，白菱从小一直是一个精灵古怪的聪明女孩儿。然而，天真烂漫的白菱在十六岁的时候恋爱了，恋爱中的女子，一下子变得异常的专注和倔强。老人一直希望自己的女儿能够变得成熟变得执着，可一旦女儿一门心思地想要和那个大她十三岁的男人在一起时，老人感到了矛盾。最终，他把女儿像病人一样，锁在疯人院最隐蔽的一个房间里，每天有专门的人送饭，甚至连放风的机会也没有。

一年之后，老人因为阿黛的事情进了监狱，把白菱一个人扔在外边。老人让助理管家向李森打听白菱的消息，结果是，李森在老人进了监狱之后，就把白菱放了出去，从此再无音信。

老人知道最难改变的就是记忆中的事情，所以在记忆中白菱一直是那个可爱中带着一点倔强的小姑娘，而在白菱的记忆中老人一定还是那个令人感到绝望的父亲。对此，即使聪明如老人，也无能为力。

第二天，年轻的女子穿了一身洁白的婚纱，在长街上走来走去，在墨绿的树影中像神话中跳动的仙子。

　　老人一生只爱过两个女人，一个是白菱，另一个就是他的妻子。妻子十六岁的时候就与老人一起跑出了家门。十年后，风华正茂的两个人举行了盛大的婚礼，妻子就穿着一身洁白的婚纱，在人群中飘来荡去，煞是好看！结婚三年后，妻子为他生了可爱的女儿白菱，之后，在他把白菱关进疯人院之后的一年中，妻子患上了重病，并最终在老人入狱一个月后，香消玉殒！

　　妻子死了，白菱失踪。惟一能令心灰意冷的老人感到快乐的就是，他亲手制造出来的天才！就在那间世界上最舒适的疯人院的房间里。

　　第三天，年轻女子穿了一件红花棉袄，棉袄很好看，只是当时是夏天显得格外的扎眼。

　　第四天，年轻女子穿了一身蓝色旗袍，老人能看到年轻女子光光的小腿，再向下，是一只开叉的蓝色拖鞋。

　　这就是老人感到的奇怪之处，一个女人即便是一年当中不穿同样的衣服也并不奇怪，而她若一直地换各式各样的衣服，却只穿同一双鞋子的话，就显得奇怪，甚至古怪了。

　　第五天，年轻女子没来，已经戒烟很多年的老人在窗前踱来踱去，抽掉了整包香烟。一直到深夜，老人还舍不得回到住所，一直留在窗前，生怕错过。

　　才只一天，老人就开始想念了。

　　幸好，人越老，睡眠越少。天快亮的时候，老人决定，女子再次来的时候，一定要挺身走出去，想到这里，老人觉得心跳加速，像准备一次约会。

　　想着想着，老人就在躺椅上幸福地睡着了。人越老，幸福越容易，只是一些年轻时候的感觉就已十分满足，这些感觉告诉自己真的曾经年轻过，真的曾经幸福过。

　　第六天，阳光灿烂。上午十点的阳光，刺过窗子，刺过老人布满皱纹的眼皮，再一次将他那已经将死的心灵唤醒了。

　　老人，睁眼的第一件事情，就是赶紧走到窗子前，大街上空无一人，这是个慢节奏的城市，大部分人在十点的时候只是刚刚睁开眼睛，在考虑着是起来吃早餐还是再睡一会儿。

　　中午过了，年轻女子还没有来，而往常这个时候，女子已经会安静地坐在那条最适合发呆和忧伤的长椅上了，老人悠长地叹了一口气。

　　几十年的岁月洗刷之后，他太了解这个世界了。除了在小说中，其实许多故事是在这样的时候发生的，灰姑娘和王子终究还是擦肩而过，很多年后，王子再未想起过此事，灰姑娘终其一生都在回忆此事，而且代代相传。

　　而这一次，老人甚至想，灰姑娘甚至不知道自己与人擦肩而过的，更不用代代相传！即便自己是王子。

　　呵呵，多老的人也会感受到爱情，也会因为感受到爱情而变得浪漫和天真。

　　失望之余，老人马上感受到了困倦，他想再睡一会儿，并且很快就再次睡着了，太阳爬上头顶，马上就转到另外一边去了，再也不会来烦他了。

　　但没睡多大一会儿，他便被吵醒了，是嘈杂声，窗外

那条终日安静的玫瑰大街似乎发生了什么事情，一大群人聚集在一起。

老人透过窗子向外看，看见一大群形形色色的人，围着一个穿警察制服的年轻女子，那年轻女子任凭周围的人指指点点、七嘴八舌，就是坐在椅子上不吭不声，头也不抬。

尽管老人听不清楚周围的人在说什么，看不清楚年轻女子的脸，但他太了解那女子的身姿了，他一眼就认出那就是自己一直等待的女子，于是赶紧大踏步地走了出去，害怕迟一步就什么都晚了。

人很多，老人在人群外边听了一会儿，大概知道发生了什么事情，女子叫陈鱼，他乡人，在一家洗衣店工作，老板对他很好，让她头一天晚上把衣服取回，洗好，烘干，烫好，叠好，之后第二天送回来。

谁知道陈鱼每天都会习惯性地从一大堆衣服中挑选出最适合的一件，穿上四处游荡一下午再送回去。

这一次，陈鱼穿了一身警服，警服很贴身，陈鱼穿上之后显得英姿飒爽，看上去也不像坏人，可还是有两点露出了破绽。第一，她还穿着那双拖鞋；第二，她坐在长椅上一动不动。

还有最致命的，每套警服的袖口都有自己的编号，她被警服主人的妈妈发现了，妈妈就是负责帮女儿送衣服取衣服的，她看见别人穿着自己女儿的警服，于是叫来一大群人围住了陈鱼，还叫来了陈鱼的老板。

于是老人看到一个面目并不狰狞的女人，陈鱼的老板，里里外外，唾沫纷飞，一边满脸含笑向众人，尤其是女警的妈妈赔礼道歉，好话说尽。进而面色一变，大声斥责陈鱼。

一切都是生活所累。

而陈鱼只是安静地坐着，不委屈，也不害怕，似乎眼前的一切事情都与她无关，尽管事实上她才是这所有一切事情的主角。

老人明白了事情前后之后，马上给李森打了一个电话，十几分钟后，一辆有着精神病院标志的吉普车开了过来。

老人小声地在陈鱼的老板耳边说："就对众人解释她是精神病吧！"

老板愣了一下，很快地点头。

然后，老人领着一个随车的大夫挤进了人群，拉起陈鱼，人们看到吉普车上有着精神病院的字样，马上给陈鱼他们三个人散开了一条通道，谁也不再言语。

疯子伤人白伤，杀人白杀，这道理人人都懂。

上车之后，随车的大夫，坐在副驾驶的位置上，老人和陈鱼坐在后边，椅子上有手铐，还有铁镣，随着车身的摇动，发出清脆的响声，陈鱼和老人两个人都视而不见，充耳不闻。

车子朝着真正的疯子居住的疯人院的方向开去，一个小时之后到了疯人院的门口，停车之后，老人让那随车的医生下车自己回去。

待医生走远之后，老人对司机说："绕城市转一圈再

回到我那里吧！"

城市的周围是沙漠，沙漠显露出无边的空旷，空旷是一种感觉。老人就总有一种空旷的感觉，他还知道这个城市里的每一个人，都时常会有一种很空旷的感觉，好像楼群里窜来窜去的风，好像十字路口呼啸而过的车流，教室后排无处不在的光，无星星的夜晚漫无边际的暗，于是需要一种东西把自己捆绑在这大地之上，而不至于被风吹走，不至于被光照透……

但空旷依然挥之不去。这种想像与现实的距离，比从乡村到城市还远，比生到死还远，比肉体到精神还远。

车子围着城市绕圈子的时候，陈鱼一直将目光注视在窗外，她那一边窗子的外面是城市，于是，在陈鱼的目光中充满着沙漠一般的空旷和虚无，和隐藏在冷漠背后如沙漠注视城市般的热情！

沙漠是城市的情人。它总是在围绕着城市转着，锲而不舍。

一个小时之后，车子又转回了玫瑰大街，和老人预想的一样，人群早已散尽，一切都恢复如初。

车停在了卖票的疯人院的院落中。

"下车吧，孩子！"老人和蔼地说。

陈鱼一动不动，安静的表情，掩盖着别人无法触及的内心世界。

"你做的那些事情，可以被看作是偷窃，但我更认为你是在收藏和体验你的梦想和希望。"老人继续说。

陈鱼听完，泪流满面。

第三章　空房子

那间疯人院和陈鱼想像的不一样，没有像监牢一样的铁栅栏，没有医生护士阴冷的面孔，没有病人们真真假假的哀嚎，只有死一般的静。

老人将陈鱼带到一间空的屋子，然后笑着说："你可以按照自己的想法布置这个房间，有什么需要就和管家说吧！"

从进入房子之后，管家就一直跟在两个人的后边，这里的大大小小的事情都要管家去办。

"以后有什么事情直接跟我说，千万别客气。"管家上前一步说。

陈鱼回头好像没有听到两个人的说话，只是自顾地打量着房间，那房间里只有被粉刷得雪白的墙壁，床是单人的也铺着洁白的床单，让人在简约之中，感到一种拒绝一切的压抑和沉闷。幸运的是，这个房间的光线很好，似乎一天都能有阳光照射进来，虽然仍然是耀眼的白，但好歹是充满了希望的白。

"你想想怎么布置吧！我改日再来。"老人说完就离开了，折腾了一天之后，他有些累，甚至有些眩晕。这一天的事情，好像做梦一样，原本可望而不可即的女人，转瞬就住到自己的房子里来了。

一切都好像一场白日梦，而白天做梦，总是要晕的。

　　三天以后，老人再次来到了陈鱼的房间，一切都变成了另外的样子。

　　褪下警服的陈鱼背着阳光，清晨的阳光，老人看到，潮绿的墙壁，深绿的床单，纯白的云彩，银白的餐具，橘黄的灯光，鲜红的草莓，纯白的裙，白色的棉背心，光着的脚丫，乳白的皮肤，乌黑的头发，然后，老人渐渐适应了阳光，于是，一个天使般的脸，清亮的眼睛，瘦弱甜美的脸，在老人的眼里逐渐清晰，只是无论如何都看不清表情。

　　其实不是看不清，而是看不到。

　　而这一边，在老人那让岁月践踏过的脸庞，在惊艳之美下袒露了真相——目瞪口呆。

　　窗外，茂盛油亮的树叶在微风中沙沙地摇摆。屋内，一边是尊贵的服装包裹下衰老的身体在缓缓前行。另一边，当人们都在苟延残喘的时候，她仍然处于青春的岁月，保持着永远的美丽。

　　"你是这儿的老板？"陈鱼问。

　　这是老人第一次听到陈鱼开口讲话，老人忍不住笑了起来说："我是这儿的院长。"他第一次听到有人叫他老板。

　　"我知道你这里卖票！"陈鱼将嘴角上翘，不屑于和老人咬文嚼字，只是想告诉老人，这里和其他的地方一样，无非是赚钱花钱。

　　"吸引人来买票的不是普通人，卖票的也不是普通人，赚来的钱也一分钱都没有花在普通人身上。"显然老人听出了陈鱼的画外音。

"卖票的是标新立异的疯子，买票的是不可理喻的疯子，最后钱花在一群不可救药的疯子上。"陈鱼不依不饶。

"你知道什么是疯子吗？"老人当然不会和陈鱼这样的年轻女子生气，但他很想解释清楚，他那天才一样的想法需要有人分享。

陈鱼不答，她在等老人继续说，而且她也知道，自己说的答案肯定不会与老人给出的答案相同。

果然，老人马上就自问自答地继续说：

"在这个社会上是有两种人被称做疯子的，一种是无可救药的一类，一种是天才。既然天才与无可救药的人被称作一种人——疯子，那么用天才赚的钱来资助无可救药的人也就无可厚非了，他们本是一家人。"

"我有一些听不懂。"

"其实也没有什么可难理解的，这不过像我们在读书的时候，老师讲课的节奏都是为普通学生设定的，按照这个节奏，天才就会学到更多的内容，不聪明的就会少学一点，天才就要帮助他们。"

"于是你就把疯人院里的天才带到这里来，用他们赚的钱来养活那些成千上万的真正的疯子。"

"基本是这样。"

"可是，真的有人肯花钱来看那些你所谓的天才吗？"

"几千年前圣者说'食色性也'，就是说'食色'能够给人们带来欢乐，几千年过去了，这两样东西早已不能

给人们带来满足的快乐了。"

"后来'爱情'这个字眼就出现了，其实爱情本身更像是一个甜美的'爱情故事'，很久以来，人们一直沉浸在与爱情有关的故事里，这些故事能让我们有着美丽的向往，可无论故事是讲什么的，故事与生活相比，都一如既往地带着一些夸张的成分。"

"于是不再有人相信。"

"是啊。这是到了一个怎样的世界啊！人们已经麻木到无可救药的地步，食欲，性，暴力，甚至毒品都不能勾起他们稍纵即逝的欢乐，满大街匆匆而过的不过是行尸走肉，空心的芦苇。如果还有一个方法能够让他们感觉到自己还活着，让他们感受到欢乐，就是让他们与天才面对面，天才之所以叫天才，自有它的道理。"老人一发不可收拾，这些话并不是对谁都可以说。

"就好像受难的信徒遇见上帝吧！"显然，陈鱼已经被老人的道理震撼住了，她已经掉到了老人的思维模式里。

"可是，世上真的有天才吗？"陈鱼终于想到一个最重要的问题。

"从没有人看眼睁睁看见过爱情，只有人看见过能够证明爱情的东西；也从来没有人看见过恐龙，看到的只有一些骨骼。但这些足以证明爱情和恐龙的存在。天才也一样，从来没有见过，所以我们可以证明天才真的就活在这个世界上，活在这所房子里。"老人回答。聪明的人总是不正面回答问题，却又让问问题的人感觉他已经回答得很清楚，尽管事实上他什么也没有说。

"那么，这所房子里一共有几个天才？"陈鱼好奇地问。

"……两个。"老人说。

"哦。"陈鱼声音里充满了失望。

"呵呵，一个时代怎么可能一次出现那么多天才呢？"老人听出了陈鱼叹息中的失望，停顿一下接着说。"如果你觉得少？或许明天，或许一年之后，这里会出现第三个天才。"

"只有在疯子当中才有可能找到天才？反正每天都会疯掉很多人，凑巧有一两个天才也没什么稀奇。"

"第三个将是你。"

"我？"陈鱼直愣愣地看着老人，不是看到天才，眼中分明看到的是一个疯掉的老者。

"原本我也一直以为，天才虽然是不能够创造的，却是可以塑造，简单点说就是两个字——表演。但直到遇到了你，我才发现，你本身就是一个天才。"

陈鱼呆呆地看着老人，有生以来第一次有人用那两个字来形容自己，陈鱼真的感到，她和老先生中肯定有一个是疯掉了的。而她确信不是她自己。

"你一定以为我疯了吧！"老人从容地说，他太熟悉陈鱼的那种目光了，在他年轻的时候第一次去疯人院实习的时候，看到病人的时候，就是那种目光；在他在疯人院工作的几十年里，每个正常人第一次把自己的家属和朋友送到疯人院的那刻，眼里流露的也是这种目光。那目光就

好像在说："天啊！活在我身边的这个人居然是个疯子。"

"一周以来，你几乎每个下午都穿着不同的衣服坐在那个长椅上，我每个下午都会用一个下午的时间来看你，我发现无论你穿上哪一种服装，都会让人对那一类人产生无尽的幻想。"

"为什么以前没有人告诉我？"

"并不是每个人都能认出天才的。"

"那么，你是在强迫我还是在请求我，做你房子里的第三个天才，你的赚钱机器？"陈鱼将"赚钱机器"四个字咬得尤其重。

"每一个人都有充分发挥自己潜力的权利。"又是一句典型的属于睿智老者式的回答。

"那么我要付出什么代价？"陈鱼虽然年轻，却早已洞悉世事，知道世间的一切都要需有代价去换取。

代价？老人从来也没有想过这样的问题，他甚至认为自己是这些人的救世主，是他将这些人带入了天堂，一个人已经进入天堂了还有什么代价吗？

老人想了好久才说："所有的天才都是没有过去的人。因为，他们的将来会很长，几百年甚或几千年后，都是他们的将来。"看来，上帝真的时时刻刻都是公平的。

其实，这代价根本不算什么代价，好像如果一个人在进入天堂之后，怎么会将死亡看成是代价呢？相比起来，代价似乎太微不足道了。

"今天谈了好久了，以后时间还长着呢。"老人说。

他今天似乎把一年要讲的话都讲尽了。

"我还有最后一个问题。"陈鱼又挽留了老人一会儿。

"说。"

"为什么会有人舍得花那么昂贵的价钱来这里呢？那么昂贵他们不会觉得舍不得吗？"这个问题除了来这里的人，和在这里的人之外，几乎没有人能想得通。

"人越万能，越难获得欢乐。"老人第一次言简意赅地正面回答陈鱼的问题，而恰巧就是这一次，陈鱼没有明白老人话中的含义。

于是老人只能打一个浅显的比方：

"一个人没有钱的时候，有一块钱就满足了；一个人有一块钱的时候，吃一个面包就满足了；有两块钱的时候，加一瓶饮料就满足了。一个人年轻的时候，能长大一点就满足了；一个人长大的时候，有一个心爱的女人就满足了；一个人年老的时候，能够年轻一刹那就满足了……若这些全都满足了呢？

"无论什么时候，这个世界上总有一些人，可以在自己的城市，自己的国家里为所欲为，就是他们需要天才来刺激他们那已经将死的神经。"老人不等陈鱼回过神来就离开了屋子。

良久，陈鱼终于明白，当一切都得到满足的时候，其实是在酝酿着最大的一场悲剧。

第四章 零零三

从沙漠上吹来的风渐渐大了起来，吹得夏天留下的最后几片青草也变成了灰白的枯草，惟有院内的竹子依然翠绿着，它们的叶子匕首般锋利。

陈鱼和每个下午一样，站在窗前，季节在悄然变化，样子也随着变化。天蓝的毛衣，粉色的外套，半透明的印着夏天的碎花的薄纱裙，优雅但显得愚蠢的长裙，局促的吊带裙，长头发，小辫子，自己剪的短头发，又慢慢长长。

刚好一个完整的秋天过去了，陈鱼每天就这样待在屋子里，她曾经问过老人，究竟要自己这样待到什么时候？

老人每次都回答相同的答案：待到不像这个世界该有的人的时候。

就是超凡脱俗。

陈鱼还会紧跟着问老人究竟要等到什么时候。这个时候老人就会高深莫测地沉默起来。他不会说，但他心里清楚，就是待到陈鱼再也不会问这些问题的那天。

到了那天，陈鱼就会自己理所当然地认为自己是一个天才，是和活在这个世界上的芸芸众生不一样的女子，到那个时候也就成了。

而这些，好像禅机，只能自己慢慢参悟。

在这里度过的这个秋天，陈鱼几乎没有和外人接触，和房子里的人，她也只和老人和他的管家有接触。其余，关于那两个天才，她也只是从管家那里听说，他们两个都是男人，都没有名字，一个擅长文学，一个擅长音乐，擅长文学的编号是001，擅长音乐的编号是002，如果陈鱼能成的话，那么她就是003。

一个人没有了名字，似乎也就宣告了他没有了过去。

至于来这里的人，也只是每周固定的那么几个，一般车子都会直接开到地下室的车库，然后客人从车库直接坐电梯去他们要去的地方。

其实，即便陈鱼看见了他们的脸，也不会认得。因为陈鱼既不看电视也不看报纸。

这个下午，又有一辆车开进了院子。

半个小时之后，老人打开了她的门。

"一会儿要有一个人来看你。"老人语带无奈地说。

"我不是还没成呢吗？"陈鱼问。

"遭遇的命运又有哪件是在我们准备好之后降临的呢？"

确实每个人都在还没准备好的时候长大，老去，死亡。

"那么我该怎么做？"

"不说话！"

说完老人就出去了。

又过了一会儿，一个西装革履、气宇轩昂的中年男子走了进来，手里拎着一个黑色皮箱。

陈鱼并不躲避也并不慌张，她把自己全部的目光，都注视在对方的脸上，眼睛上，袖子上，或者一只手上，把全部的关注都集中在面前的这个并不相识的人身上，似乎再无余光，眷顾那个不值得可怜的世界。

而此时那个平时充满自信的男人，竟然将自己的目光四处躲藏，仿佛自己反倒是一个不经世事的小姑娘。

就这样僵持了三分钟。

男人才渐渐地恢复自己应有的气势，对陈鱼说："把箱子里的衣服换上吧！"说完把箱子递给陈鱼。

陈鱼并不接而是看看地面，男人就乖乖地把箱子放到了地上。然后陈鱼又看了看门，示意男人出去，男人停顿了一秒钟，悄悄地走了出去，轻轻地带好了门。

如果没有神仙，那么天才就算是神仙吧！在凡间无论多么骄横跋扈的人，遇到了神仙，也会马上变得卑微起来。

十几分钟后，陈鱼打开了房门，男人看到陈鱼，顷刻间，眼里饱含泪水。

那身衣服并不华丽，相反还非常的朴素，那是一身军装，土黄色的军装，没有徽章，只是普通的一身军装。

整个下午，谁也不说话，两个人就默默地注视着。好像回到了那热血沸腾的年代，回到了那热血沸腾的年代中少有的安静片刻，关于羞涩的爱情。

以后的日子波澜不惊。这个男人有时候一周来两次，有时候连续几周都不来一次，每次来，都是让陈鱼换上这身衣服，两人含羞地默默注视一个下午。无语，也无泪。

其余的时间，陈鱼大多无事，无事的时候陈鱼大都在屋子里走来走去，偶尔也会想这半年发生的事情，一切都好像一场随时会醒来的梦。现实生活中总有一些事情，比梦境来得更虚假。

　　平静或许会一直持续下去，如果不是陈鱼在那样一个早晨莫名其妙地出走。

第二部分　庄子和鱼

庄子：白鱼安闲自得地在水中游玩，这是白鱼的快乐。

惠施：你又不是白鱼，你又是怎么知道它的快乐？

庄子：你又不是我，又怎知我不知道白鱼的快乐。

惠施：我不是你，你也不是鱼，所以我们都不知道。

庄子：你问我怎么知道鱼的快乐，可见我早就知道了。

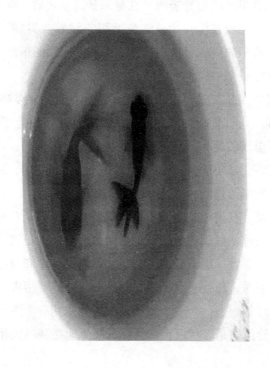

第一章 小偷 "吴小林" 的
神秘死亡

那是个寒冬的早晨，一团白色的烟雾从街道的深处飘来，越来越大，越来越近，伴随着早晨的来临，在夜晚四处唱歌的灵魂，在晨雾的掩盖下四处逃寻。

陈鱼就是在这样一个早晨，孤独地醒来。

穿衣服的时候，鬼使神差地穿上了那身警服。就是把她送到这里来的那身警服，在她来到这里之后，既没有人来讨要，又没被没收掉。陈鱼就把它洗好，熨好，叠好，放到了衣柜的最底层。本该被掩盖在最底层的东西，却偏偏在这样一个早晨跳到了最醒目的地方。

陈鱼穿好衣服之后，走出了房间，走安全楼梯下楼，出院落，人们都在熟睡，竟阴差阳错地让陈鱼走了出来，最不可思议的是，她居然来到了城市的边上。

或许，从早上到黄昏，她用了一整天的时间，从城市中心走到城市边缘，就是为了和庄梓的相遇。

于是，在城市的边缘和沙漠的边缘，陈鱼不可避免地遇到了庄梓。最确切地说是他们两个人相遇了，两个彼此能够改变对方一生命运的人。后来陈鱼每次想到自己和庄梓的相遇时，总会想起佛经中的一段话：达摩祖师，在名单上用红笔画上一个一个圈子，于是画在同一个圈子里的人，不管他们是否相识，都会不可避免地在某一天相遇。

此外，陈鱼再也找不到合理的解释。

庄梓是这个城市中一个普通的修车厂中的一个学徒，他每天做的就是擦洗车子，和幻想着有一天自己能够开着那些漂亮的车子，周游世界。他原本是与陈鱼，与老人的疯人院无关的，而恰恰就是他成为了陈鱼生命中最重要的一部分。而老人和老人的疯人院却因为庄梓而不复存在。

而庄梓又怎么会在那样一个时间出现在那里呢？这必须从一个人的死亡讲起。

他的名字叫"吴小林"。

他不是一个重要的人，却是改变许多人人生命运的人。

直到他的尸体在焚尸炉里化为灰烬的时刻，仍然没有人知道他是谁？"吴小林"这个名字是他曾经使用过的，却被证实是假名字，所以"吴小林"这三个字被打上了引号。

从此，"吴小林"带着小偷的名声永远地从这个世界上消失了。

对于死了的人，死了也就死了，忙碌的只有活着的人。

警察在"吴小林"的身上找到了一个纸条，上面写着庄梓的名字和地址。

然而当警察在半夜三更按照那个地址找去的时候，庄梓并没有在屋子里。

于是警察询问了和庄梓关系密切的三个年轻人，他们是小舟，十八岁，这个城市最大的修车厂老板的儿子；小

瓦，十七岁，小舟的死党；阿含，十六岁，小舟的小女朋友。庄梓其实并不是他们的朋友，他只是在这间修车厂里做学徒，做的也只是一些擦车之类的零活。

半夜三更，在警察的询问下，三个人迷迷瞪瞪地讲出了事情的经过。

那是在头一天的下午，小舟和小瓦还有小舟爸爸修车厂里的一个学徒庄梓在公园里踢足球，小舟和小瓦轮番射门，庄梓来守门，阿含在球场的边上，一边看球一边看东西。

小舟和小瓦玩得很起劲，最后两个人打赌，各射五个球，看谁进的球多，小瓦若赢了，小舟就要偷偷把自己家最贵的跑车开出来给小瓦兜风；反之，阿含就要让小舟亲一下。

这本是两个人之间的赌博，庄梓和阿含的参与是被动的，然而最无辜的还要属"吴小林"。有什么能比平白无故搭上一条性命更无辜的呢。

那个下午，"吴小林"不愿意"干活"，来到公园里偷懒，他本来躺在公园的长椅上惬意地过着自己难得清闲的下午，尽管他的"工作"并不累，只是提心吊胆的日子谁都会过腻的。

"吴小林"小睡了一会儿，就被几个少年的嬉笑声吵醒了，醒来之后他站在远处看了很久，只是在不知不觉中越靠越近，走到了阿含的身旁。

前四轮小舟和小瓦踢成四比四，最后一轮，小瓦先射进了球，轮到小舟射了。每一轮，庄梓都会很尽力地倒地

扑球，似乎每一次都只差一点点与足球擦指而过，实际上则是，庄梓不愿意将球扑出去，他甚至希望这样无聊的比赛能够永远地持续下去。因为这种游戏再无聊，似乎也比回到修车厂里擦车要好。

"小偷！"在小舟准备射第五个球的时候，庄梓大喊道。此时，"吴小林"正抱着三个人的东西，跨越公园的栅栏。

小舟顾不及射最后的那个球，边喊边追了上去，小瓦紧跟在小舟的后边，小舟将"吴小林"拉倒的时候，小瓦刚好踏上一只脚踢在"吴小林"的肚子上，而"吴小林"居然没有还手。他只是个胆小的小偷，只敢偷偷摸摸地做一切事情，从来都没有明目张胆地做过。

等到阿含和庄梓赶过来的时候，"吴小林"已经满脸是血，但神智还算清楚，因为他还在不停地求饶，况且，十六七岁的少年，原本就没有多大的劲。

"我们先回家洗澡了，你把他送到警察局去吧。"小舟边拍打身上的尘土边朝家的方向走，小瓦和阿含也跟了上去，只剩下庄梓一个人和躺在地上"哼哼唧唧"的"吴小林"。

这是小舟，小瓦，阿含，这三个少年知道的事实真相。

然而当三个警察询问他们三个的时候，三个人中的小舟和小瓦却口径相同地说，是庄梓第一个发现小偷的，也是第一个追出去的，小偷跑得飞快，庄梓也追得飞快，三个人追不上两个人，就捡起小偷扔在地上的东西回家了。

对此，阿含选择沉默。

于是三个人轻而易举地把事情从自己的身上推得一干二净，一切的责任就全都推到了庄梓的身上。

警察走了之后，三个人还小小庆祝了一番。谁也不去担心庄梓和"吴小林"之间究竟发生了什么，不管庄梓为什么直到现在还没有回来。

"最后那个球你没射，你输了。"小瓦还没忘记十几个小时以前射门打赌的事情。

"怕你到时候不敢开！"小舟有些不屑。

"我不敢？走走走，快点。"小瓦说。

"好，走！"小舟说着去拉阿含。

阿含有一些不情愿，但最后还是去了。

很快，一辆漂亮的跑车在环城的高速公路上风驰电掣，速度将一切都甩在了身后。尤其是那些不开心的和令人担忧的事情。

而对三个人离开庄梓和"吴小林"之后的事情，只有庄梓和"吴小林"两个人知道，现在"吴小林"死了，就只剩下庄梓一个人知道了。

当时，在三个人走了之后，庄梓非但没对"吴小林"拳打脚踢，反而用小舟和小瓦喝剩下的矿泉水，很细心地将"吴小林"脸上的血迹洗干净。之后，庄梓看到了一张稚嫩的脸，和自己差不多年纪。

"你叫什么？""吴小林"问。

"庄梓。"

"你是从沙漠里走过来的吗？"吴小林又问。

"是，你呢?"

"我也是，我叫'林小吴'。""吴小林"说，至于"林小吴"是不是真名，只有"吴小林"自己知道，后来他自己也不知道了，死人是什么都不知道的。

这是一个被沙漠包围着的繁华的城市。所有向往这个城市的穷人要来到这个城市，都要跨过一个无比空旷的沙漠，苍凉而绝望的沙漠。

"我从进到这个城市里，就再也没去看那片沙漠了。""吴小林"说。

"我也是。"庄梓说。

"走吧！我们去那儿转一圈。我知道你不会真的把我送到警察局去的。""吴小林"边说边站起来朝外走。

庄梓笑了笑，一仰脖将瓶子里剩下的一口水喝掉，然后跟在"吴小林"的后边。

两人就那么一前一后地走着，一直走到城市的边界，沙漠与城市相连的地方。

这沙漠与城市相连的地方，甚至仍是这个城市的一部分，破旧报废的汽车镶嵌在沙漠里像搁浅的帆船，枯死的树干倒在沙漠里，好像这个城市裸露出的坚硬的骨骼，伤痕累累，却依然坚硬。

"这里原来是片海。""吴小林"说。

"真的?"

"要不他们怎么不管这里叫沙漠而叫沙滩啊。""吴小林"开着玩笑。

很久很久以前这里确实有片海，也有片沙滩，遗憾的

是后来，海越来越小，沙滩越来越大。

沙漠边上，两个男孩子用油桶做了小小的帆船，那只漂亮的玩具帆船，却怎么也游不出，这片海滩。或许，帆船也和人们一样，早已忘记了那片海洋。

"我该回家了。"太阳快落山的时候，庄梓说。

"我以后能去找你吗?""吴小林"不舍地说。这个城市里，庄梓是他惟一认识的人。

"算了吧!"庄梓想了想说。

"是啊! 算了吧!""吴小林"重复着，声音里没有怨气，只有无奈。

正当两人要走的时候，两人同时看到了一个穿警察制服的人朝他俩走来。这个人就是陈鱼。

"快跑!"庄梓催促"吴小林"，"吴小林"却原地站在那里一动也不动。

陈鱼走到了两个人的身边，然而在小偷和庄梓的眼中，陈鱼是一个长得很好看，大不了他们几岁的女警察，而不是一个普通的女孩儿。

"是我偷了东西，我跟你走。""吴小林"很老实地将双手伸出，想让女警察来铐自己。"吴小林"虽然年纪不大，却已经在这个城市混了很多年，他非常清楚，一旦自己落在警察的视野里，最好的办法就是乖乖地束手就擒。

陈鱼听了"吴小林"说的话，先是一愣，然后伸手摸手铐，摸了半天却什么也没摸到，最后只得涨红了脸说："看你还算老实，手铐就不用带了，乖乖地跟在我后边吧!"

说完自己朝城市的方向走去，"吴小林"真的乖乖地跟在后边，一丝要逃跑的意思都没有。

走了几步之后，"吴小林"突然又跑了回来，很诚恳地对庄梓说，"告诉我你的地址和名字吧！我会回来找你的，会给你带来惊喜的。"

庄梓想了想，飞快地写下了自己的地址和名字。并不是因为"吴小林"说的那句，会给自己带来惊喜。而是因为"吴小林"的诚恳。在这个城市中，他和"吴小林"一样都属于孤独的人。而孤独的人和孤独的人走在一起，也是一种理所应当的人以群分吧！

"吴小林"拿着纸条，跟在陈鱼的后面心满意足地走了。

只留下庄梓孤孤单单的一个人，在城市和沙漠的边缘，那一夜，庄梓没有回去，而是在沙漠和城市之间徘徊，他不知道就当他在沙漠中不停地徘徊时，"吴小林"——那个一心想要和他做朋友的少年，已经悄然地离开了这个世界。

夜越深，心越冷，庄梓并非和"吴小林"心有灵犀，却仍然感觉到了夜的冷和世界的残酷。

于是，庄梓有些想回去了，回到藏在沙漠尽头的，有山有水的家，但他却似乎发现自己已经没有勇气来穿越这片沙漠了，甚至连来的时候一半的勇气也没有。

就连庄梓自己也不知道，为什么勇气竟然会丧失得如此之快。

或许仅仅是因为他走出来的时候是不知道沙漠的另一

面是什么样子的。看不清楚，就会无限美丽。

　　就这样，陈鱼和庄梓完成了两人之间的第一次相遇。虽然两个人没有说一句话，但却注定了两个人之间不可避免的生死交错。

　　或许一切真的是因为达摩祖师画的那个圈子。否则这些明显应当发生在庄梓生命轨迹之外的事情又怎会发生呢？

第二章　无处飞

　　庄梓和陈鱼的第二次相遇有些尴尬，那是在一条明媚的大街上，和老人与陈鱼相遇时的状况有些相似。

　　庄梓在陈鱼将小偷带走之后，犹豫了很久还是决定留下来，尽管他感觉这里不好，但他更愿意相信这种感觉是错觉，因为毕竟这里什么都比他来的地方要好。回去就意味着退缩，他不能仅仅因为自己稍微有一点不好的感觉就离开一个费尽千辛万苦才来到的地方。

　　当时庄梓并不知道，只是自己一时的犹豫，一切就都错过了。

　　庄梓沿着大街漫无边际地走，猛地抬头看见路边上挤着一大群人，围着什么指指点点的，走近看，马路上坐着一个女子，一个一丝不挂的女子，庄梓从周围人的谈话中听出，那个女孩儿和他一样是从沙漠那边走过来的，庄梓很想上前帮助那个女子，至少应该脱下一件衣服给那个女子挡住身体，所有的女人都在咒骂着那个女子，所有的男人都在尽量装作不经意地看一眼那个女子的身体，那女子的身体很美，光滑白皙，凹凸有致。

　　庄梓脱下衣服，拨开人群，将自己的衣服盖在那女子的身上，而那女子只是低着头，用绸缎般的头发，将整张脸和半个身躯掩盖。

　　陈鱼认出了庄梓，庄梓却并没有认出陈鱼就是他昨天

早上遇到的警察。更不知道，在不久以后，这不经意的恩惠救了他的整条性命。

庄梓意料之中的事情发生了，自己不知道被谁推了一下，人们开始像诅咒那个女子一样诅咒他，然后他开始被人推来推去的，越推离人群越远，惟一庆幸的是，没有拳打脚踢。

庄梓怅怅地一边看着人群一边向后退，正在他为自己的无能为力而感到难过的时候，一辆开得很快的高贵轿车冲破了人群，下来个一身黑衣的魁梧男人，麻利地抱起女子，扬长而去。

人们快快地散了，连抱怨声都没有。也再也没有人留意站在远处的庄梓，许多人从他的身边走过，却没有人再愿意看他一眼。

庄梓有一些懊恼没有看清楚，甚至没有看见女子的脸，于是女子的一切只是一个美丽的概念，模糊的、白白的、亮丽的一团。

黑衣男人的背影和黑色的汽车也是，留在脑海里的同样是一抹颜色，漆黑的黑。

除了继续漫无边际地走，庄梓不知道还能干些什么？天快黑的时候，庄梓想到了回去，回到修车厂里，那里是他最近的可以去的地方。

他悄悄地溜进自己的房间，躺在地板上，顺势滚到床下，庄梓一直有一个习惯，就是不睡在床上，而是睡在地上，离土地越近，他会觉得越舒服。

一天一夜没睡的庄梓很快就进入了梦乡，突然，床上吱嘎吱嘎的响声吵醒了他。

随即他听到男人的喘息和女人的呻吟，以及皮肤之间摩擦的声音。

四周一片漆黑，庄梓知道有人在他的床上做着什么。人类真可爱，全世界每天都有人在做着爱，却同时发现自己根本没有爱。

庄梓安静地听着自己之上的男女，听着他们的耳鬓厮磨，辗转腾挪。庄梓从来都没有过女人，白天的那次是庄梓第一次看见女人赤裸的身体，但他仍然只专注着女人被遮挡的脸，人类真有趣，永远对被遮挡上的事物，产生着浓厚的兴趣，于是人们都在遮遮掩掩。

运动终于停息了下来，男人疲惫地喘着粗气，女人寂静无声。

"回去吧！"男人对女人说，庄梓听得出来是小瓦的声音。

"不，我要等到天亮，让他看到我俩在一起。"是阿含。

"乖——"小瓦敷衍着应付道。

"不，我知道天亮后，他看到我们在一起，会抛弃我，你也不会再理我，然后，用不上一天，你俩就会像以前一样，去追第一个你们遇上的人，只要是母的。"阿含的声音坚硬如冰。

"真的不会，你回去吧！我们就当什么也没有发生过。"小瓦有些不耐烦地说。

"我知道你们会！就像你们抛弃庄梓一样，就像昨天

在警察面前你们一口咬定是庄梓打死的那个小偷一样，庄梓连一根手指都没动，就突然变成了杀人凶手；我知道你们会，我就是想试试。"

庄梓听到阿含说完这句话之后，马上一骨碌从床下滚出来，夺门奔去。

庄梓听到小偷的突然死亡，第一种反应并不是"吴小林"怎么无端就死了，而是他知道自己被当成了凶手。庄梓很早就懂得，发生这种事情的时候，逃跑要比争辩要有效得多。

庄梓还穿着鞋，自从他来到这个城市之后，从来都是和衣而卧，从来都穿着鞋子，他似乎能够预感到自己将在某个夜里夺门而出，朝着黑暗跑去。

"是庄梓，快追！"小瓦顾不及穿衣服，就追了出去，追了几步又去叫小舟。

等小舟起床之后，庄梓早已没了踪影，然后两人一起来到庄梓的小屋。

等他们回来的时候阿含也没了踪影。

"庄梓回来了？"小舟问小瓦。

"嗯，我在床上他在床下。"小瓦说。

"床下？"小舟边问边低头看，一双美丽的大眼睛正在望着他，吓了小舟一跳。是阿含。顿时明白了发生的一切。

"你和他睡了？"小舟问阿含，边说边一把把阿含拽了出来。

然后拽着阿含的头发，左一巴掌，右一巴掌，连续不

停地打着阿含的脸。

　　小瓦看着两个人，不去拦，甚至一声不吭。

　　阿含则高昂着头看着小舟，目不斜视。

　　"你走吧！"小舟打累了之后说。

　　"你们尝试过吗？对周围的人完全死心了，那感觉再也不会疼了。"阿含嘴角淌着血，却盈盈地笑了。

第三章　一个人跳两个人的舞

这世界，太孤独，所以每个人都一定要学会，一个人跳两个人的舞。

天亮的时候，庄梓再次走到大街上，街道开始变得拥塞起来，早晨的阳光很好，周围的人却全都面目不清，就像走在荒原上一样，庄梓第一次很清楚地认识到，自己就是这个城市的一个幽灵，周围的人们，甚至没有他穿过沙漠时遇见的那些枯死的树干亲切。

庄梓偷偷地躲在警察局外面，他在等那个女警察，他知道现在能够帮助他的只有那个女警察了，遗憾的是，庄梓等了一天也没有等到那个女警察，相反却等到了来抓他的警察。

除了跑，发疯一般地跑之外，庄梓不知道自己还能做什么。他跑过了一条街道，又一条街道；跨过了一个栅栏，又一个栅栏。

最终，他跑到了玫瑰大街上，最终，他在老人的管家要将他送往警察局之前，被陈鱼收留在自己的房间里。

陈鱼求了三次，管家才终于答应不将这件事情告诉老人。

"谢谢你救我。"在房间里只剩下他和陈鱼两个人之后，庄梓说。

"也谢谢你。"

"什么?"

陈鱼让庄梓闭上眼睛。

再睁开眼睛的时候,庄梓看到陈鱼的手中,魔术般变出一件蓝色夹克,正是中午他披在那个裸身女子身上的。

于是,庄梓终于知道,自己早上遇到的警察,中午遇到的被人剥光衣服的女子,以及面前的陈鱼,都是一个人。

庄梓就睡在陈鱼的床下,直接睡在地板上,无需被子也无需枕头。

管家每次也都会送双份的饭菜到房间里,这里的人们似乎对一切稀奇的事情早已习以为常,以至于多了一个大活人,就像多了一只安静的壁虎那样轻松和不惹人注意。

晚上,两个人一个躺在床上,一个人躺在床下。

"你知道这里是什么地方吗?"躺在床上的陈鱼问躺在床下的庄梓。

"疯人院。"

"那你看我像疯子吗?"

"看上去不像,可想起来这一天发生的事情,却挺像的。要不你怎么傍晚穿着警察的制服,第二天中午光着身子被一大群人围住,然后晚上就又到了这里。"庄梓说到中午的事情,有些支吾。想到中午陈鱼的身体,脸也有些发烫,但他掩饰得很好,所以只有他自己能感觉到。

"那你怕我吗?"陈鱼继续问。

"不怕!其实,即使真的疯了又能怎么样呢?有些正常人反倒比疯子更加可怕。"

陈鱼笑了，庄梓也笑了。

顷刻，两个人一起温馨地睡着了。

两个人虽然不同床，却能清楚地听到彼此的呼吸和心跳。窗外，夜凉如水；屋内，生如夏花。

第二天，那个让陈鱼穿军装的男人又来了。

陈鱼让庄梓钻进床底，将床单拉长拖在地上，她有些不愿让庄梓看到自己和男人的一举一动，一颦一笑。因为陈鱼知道，自己所做的，只是一种与妓女方式不同的"接客"。

庄梓仰面躺在床下，真的就把自己当成了一只安静的壁虎。

"这次不换衣服了，你跳舞给我看吧！"庄梓听到男人说。

然后听到男人坐到椅子上的声音。

没有音乐伴奏想起，只有舞动的脚踏出来的声音，开始是一双，后来竟然听到两双，声音并不局促，而是婉转缠绵，好像一对热恋的情侣，踏歌依偎在一起。

两个人就那么依偎着，随着心中的音乐漫步，似乎永远都不知道累，似乎只要时间不停止，两人就会一直这样旋转下去。一直到天色渐渐地暗了下去。

"今天就到这吧！"庄梓听到男人说。

然后又听到男人自言自语："好奇怪，明明是你一个人在跳，我却分明感到是一对情侣。"

其实，男人是在问陈鱼，而陈鱼却微笑不语，不是一副高深莫测、天机不可泄露的意味，而是一副纯洁无瑕的样子，似乎在说，许多事情，原本就是这个模样，原本没有那么多因因果果。

到了晚上，陈鱼和庄梓像前一天一样，一个床上一个床下。

庄梓忍不住问陈鱼："白天的时候，明明是你一个人在跳舞，我怎么却感受到是两个相爱的人在无休无止地跳舞？"

陈鱼说："人生短暂，我们无论何时何地都要尽情地跳舞。但是遗憾的是，却不是什么时候我们都有合适的舞伴，于是很多的时候，我们都要学会一个人跳两个人的舞。"

"你会跳舞吗？"陈鱼问。

"会一点吧，怎么？"庄梓支吾着说，不知道陈鱼的用意。

"跟我来！"陈鱼一边说着，一边起床拽起了庄梓。

"干什么啊！"

"来啊。"

陈鱼带着庄梓悄悄地溜出了院子，于是满天的星星可以看到，一男一女在城市最宽的十字路口，不管不顾地在街上跳舞。影子被月光拉得很长，也在很好看地跳动着。

陈鱼和庄梓跳累了，就靠在长椅上看星星，然而，他们并不是这座城市里惟一还没有睡去的人，此时，老人正站在窗口，用他最习惯的姿势来观察着这一切。

这疯人院里的事情，没有一件能逃出他的眼睛的，只不过人老了，没有那么多精力，有些事情看到了也假装看

不到。

　　然而假装看不到并不是一件很容易的事情，于是在一周之后，老人叫来了管家。

　　"都一周了，你以你的名义问陈鱼她想怎么处理这件事情?"老人开门见山地说。只一句，话里话外的含义就已经很清楚了，也就是说事情总要解决的，庄梓总不能在陈鱼的床下住一辈子吧!

　　"去办吧!"老人的话越来越少了。

　　开这间疯人院耗费了他所剩不多的精力中的一大半，而维护这间疯人院是一件更耗神的事情，因为这是一件被舆论所不允许的事情，或许可以讲，是在法律上允许，而在道德上却不允许。于是，老人每天都像抱着一颗炸弹，他不知道它会在什么时候爆炸，却知道它总有一天会爆炸的。

　　老人知道，爆炸的那天，就是他死去的那天，他并不害怕死去，但死去之前的恐惧还是让他寝食难安。

　　他有一些后悔带陈鱼来到这里了，更后悔让陈鱼成为这里的003号，最要命的是，陈鱼还带回来一个庄梓，于是，原本沉静的死水，一下子被搅翻了，像天宫里突然蹦进去个孙猴子。

　　仅仅一周的时间，庄梓就和001号混熟悉了，在许多人眼里，001号并非文学界的天才，甚至根本没有几个人听说过他，看过他的书。然而几乎每周都来一次的，恰恰是这个城市里一个家喻户晓的作家，他是无数文学爱好者的偶像。

虽然，在庄梓的眼里，001号不过是一个会讲故事的人，仅仅是会讲故事，甚至还不是能把故事讲得很好听的人。

那是个下午，庄梓得到了001号的允许，可以躲在他的床下，可以听他如何给那个大名鼎鼎的作家讲故事。

001号首先说："没有作者愿意写一个故事，读者用脚趾头想想，都能把接下来的故事走向猜个八九不离十。同理也没有一个读者愿意看一个自己能想到结局的故事。"

庄梓尽管看不到那个知名作家虔诚的样子，却能从他的应答中听出他语气中的崇拜。

001顿了下又说："在历史上最有人格魅力，最充满神秘感的故事，不是关于好人的，而是关于坏人的。"

最后他才开始讲那个关于坏人的故事，那是一个对于庄梓来说有些无聊的故事：

"有一个很坏的坏人。能做到一个很坏很坏的人，一定有无穷的力量，我们就把这个人叫做蚩尤吧。他离开了几千年了，现在是该回来的时候了，他费尽心机终于找到了复仇的方法。方法来源于上古对世界的诅咒，这种诅咒很像我们经常看到的那种把仇恨的人做成一个稻草人，然后通过破坏这个稻草人来报复那个人。蚩尤要复仇的就是这个世界，为了复仇这个世界，他付出的代价是，他自己就是那个稻草人，于是他报复世界的同时自己也要忍受巨大的疼痛，他毁灭地球的那天也就是自己死亡的那天。

"你听过中国远古有一个叫盘古的巨人吗？据说他死

的时候，身体就变成了江海湖泊。而蚩尤的身体也和这个有些类似，即，他身体的每一个地方都代表着这世界的某一个地方，只要他伤害自己身体的某个部分，某个部分所代表的那个区域就会山崩地裂，海啸山摇。这个时候的人们是显得最无助的，因为在以前人们所遇到的全部战争都有一个最简单的解决的方法，就是消灭掉自己的敌人。这次却不可以了，消灭了敌人同时也就消灭了自己，因为只有在这个时候，人们有史以来第一次从心底认同了那个崇高的道理，坏人是只能被改变的，而不是被消灭的。"

故事还没讲完，庄梓就已经睡着了，当他醒来的时候，今天的故事已经讲完了。

告别的时候，庄梓再次从那个作家的口气里听出了必恭必敬。

"你也认为自己是天才吗？"庄梓躺在地板上问001号。

良久，001叹了很长一口气之后说了庄梓永生难忘的一句话：

"天才的壳子不过是皇帝的新装，于我，不过是混口饭吃而已。"

包括陈鱼，卖票的疯人院里三个天才中的两个庄梓已经见识过了。世界上的许多事情，大多并非是耳闻不如眼见，而是，相见不如怀念。

天才中的002号，庄梓没有见过，于是那个人成了他对天才幻想磨灭前的惟一的希望，也是庄梓认为的最有可能是天才的一个。因为庄梓在每个下午的四点到六点，都

会准时地听到，002号的房间里传出的钢琴声，如诗如画，如诉如泣。

那个时候，整个院子里的人们都情不自禁地屏住呼吸，甚至连树枝上的小鸟都停止了鸣叫，似乎是因为自己的鸣叫不如琴声好听而羞于歌唱。

后来庄梓渐渐地认识了002，他很喜欢002，不仅仅是因为002高高瘦瘦身材的极尽天才气质，更因为他的琴声。他认为这个院子中，最接近天才的就是002！

有一个十五岁的女孩儿，最迷恋002，每天下午都要来，听002弹琴，那天002的兴致很高，自己弹了一首，也让女孩儿弹。

女孩儿弹得也很好，每一个音阶都很准。

可002听过之后还是勃然大怒。

"音乐要的不是准确，而是灵魂。"

"绘画也一样，生活也一样，一切都一样。"

002又弹了一遍。世界上所有能发出声响的生命在听到琴声的刹那间都在羞愧万分，无地自容。

在陈鱼和庄梓听完002号的演奏之后，管家准时地敲开了陈鱼的房门，亲自送上来两人的晚餐。每天都是如此，都是这么准时，只不过以前都是管家派人送来。

"你们先吃饭，吃完饭有事要说。"陈鱼将装晚餐的盘子接过去之后，管家说。

"还是先说吧！免得让您久等。"陈鱼说。

"那好。"管家说完，抬眼看了看庄梓。

"没事，有什么就直说吧！"陈鱼也看了看庄梓说。

“好。其实事情主要是关于他的，所以，他是最有权利知道的。”管家顿了顿说。

“警察来了？”陈鱼尽量镇定地问。

“那倒还没有，可是我们不能等到警察找上门才想解决的办法啊！还有，我们总不能让庄梓在你的床下过一辈子啊，他现在甚至还不到十八岁啊！”

“他十七，我十九。”陈鱼有些木讷地说，她从来没有想过这些事情，她一直是一个能够把生活过得丰富多彩的人，一直是一个对生活充满了无限美好希冀的人，无论是在洗衣店的时候还是现在在疯人院中。

“可是如果我能在这里过一辈子，他为什么不能？”陈鱼很认真地说。

“你们好好想想吧！我等你的回话。”管家说完就离开了陈鱼的房间。

那天的晚餐是盐水排骨、蒜泥菠菜和鲜蘑菇汤，两人一箸未动。

一直到晚上两人熄灯躺下，也都一言未发。

饥饿不会因为不说话而停止，最终两个人起床消灭掉了所有的食物。盐水排骨、蒜泥菠菜、鲜蘑菇汤三道菜居然没有够吃。陈鱼便又去厨房找来了土司和沙拉酱，抹好一片递给庄梓，又抹好一片自己吃。每人三片土司下肚子之后，每个人的嘴唇上都留下一点可爱的白和面包碎屑。

一个人的嘴唇鲜红光亮，一个人的嘴唇棱角分明。

于是，最终两个人的嘴唇凑在了一起，很久都没有分开，那也是一种饥饿——对感情的一种饥饿。

嘴巴真的是一个神奇的入口，可以呼吸又可以吃饭，更可以说话和接吻，更神奇的是它连接着两根弯弯曲曲的管子，一根通向胃，一根通向心脏。食物进入胃，感情进入心。

所以好的感情和好的食物就会让人身体健康浑身舒畅。反之，则遍体鳞伤，肝肠寸断。

"你有过去吗?"陈鱼首先移开了嘴唇，在窒息之前问庄梓。

"当然有。怎么问这么奇怪的问题?"庄梓还处于眩晕的状态。

"说来听听。"

"你先。"

于是，陈鱼最后一次想起了自己的过去，从此以后，她真的变成了一个没有过去的人。

第三部分　陈鱼的过去

飞鸟，飞鸟，鸟不怕飞起来而是怕落下来；

沉鱼，沉鱼，鱼不怕沉下去而是怕浮上去。

陈鱼——非在空中的鱼，对于一个十九岁的女子，童年和第一个暧昧的异性就是她过去的全部。

第一章　非在天空的城市

地上的城市之所以忧伤，是因为她们一直在怀念，云上的日子。

对于自己的过去，陈鱼总是喜欢从初三开始回忆。

因为初三是一个分水岭，从幼稚到渐渐长大。

那是初三的一个星期天，陈鱼和庄梓一大早骑车来到学校。庄梓是陈鱼记忆中永恒的男主角。其实记忆中的那个男孩儿并不是叫做庄梓，只不过陈鱼更愿意把那个记忆中的人，想成庄梓的模样。

这样以来，陈鱼就好像和庄梓认识了好多年，了解了好多年，相爱了好多年一样，所有的恋人都会希望自己与恋人是青梅竹马的。

很长一段时间以来，两人都会在星期天躲在学校里来，偷偷地过快乐的两人世界。

陈鱼有教室的钥匙。

陈鱼打开教室的门，两个人把教室里所有的坐垫都拿到墙角铺在地上。

之后两个人把鞋脱掉，并排靠着教室后墙坐在垫子上：陈鱼在看书；庄梓在看天。

"你在看什么书呢?"庄梓问陈鱼。

"漫画书。"陈鱼头都不抬地回答。

"讲什么的?"庄梓又问。

　　"在世界的某个角落存在着这样一座城市，这个城市，富足而安宁，没有战争，没有饥饿，甚至没有死亡，人们生活得幸福祥和。城市中惟一奇异的事情，是城市上空的太阳有时候不是圆形，而是呈现出扁长或扭曲的样子。但城里的所有人对此并未留意，除了一个孩子。有一天，他在思索中随手将小石头掷向太阳。令他万分惊奇的是他竟然掷中了。太阳被石头击散，霎时间消失，但天空并未黑暗。他抬起头等了一会儿，看见太阳模糊地出现，晃晃悠悠中渐渐拼和，最终完好无缺。"

　　庄梓听得很出神，陈鱼却在这个时候停了下来。

　　"接着讲啊！"庄梓央求陈鱼。

　　"好听吗？"陈鱼问庄梓。

　　"好听，接着讲啊！"庄梓再次要求陈鱼。

　　"完了。"陈鱼有些难过地低下头。

　　"可我还没有听懂！"庄梓有些焦急地说。

　　"你总是这样，整个事情就是这样，你就不能想想其中的原因。"陈鱼生气了。

　　"我想不出。"庄梓有些无辜地说。

　　"不是你想不出，而是你压根就不去想。"陈鱼愤怒了。

　　"也都怪我，什么事情都替你想好，惯坏你了。"陈鱼接着，降低了声音，自责地说。

　　"那是个早已被淹没的城市，那些人是在灾难中早已死去的生命。灵魂带着城市的记忆留在了海底，却并不自知，还以为自己活着，并且生活得幸福安宁。"随后，陈

鱼再一次解释了故事的原委，不是最后一次。

庄梓听完故事之后，动了动嘴，却什么也没说出来。只是一脸的绝望。对于他，现实和故事一样令人绝望。

陈鱼把庄梓揽在怀里，抚摩着庄梓的脑袋，什么也说不出，面对这样的现实，即使聪明如陈鱼，也无可奈何，只能眼睁睁地看着。

"我总觉得这好像就是一场梦，我总盼着会有一天醒来。"庄梓满脸委屈地说，却并没有哭。

"若是一直不醒你打算怎么办？"陈鱼问。

"等着毕业，考上高中就读；考不上就走出去。"庄梓说。

"你总是这样，如果这条路走不通，就去走另外一条，你就不能认准一条坚定地走下去，是光明就看到，是墙就撞死。"

"你想我走哪条？"

"你怎么就不明白，从上初中的那一天，我要同你一个班，和你做同桌，不就是希望能带着你，读高中，读大学，我俩一起走出去。"

"现在呢？"

"我对你死心，对自己怀疑。"

"我也是对自己死心，但对你却充满信心。"

"呵呵，没有人比我自己更了解自己了，我已经有很久都没有学习了。"陈鱼苦笑了一下说。然后又问："会好起来吗。"

男孩儿凝望天花板回答："不，不会，或许。"然后

用手掌，轻轻握住女孩儿光着的脚。

初中毕业之后，陈鱼在家待了一年。

"我们在一起吧！"某一天，庄梓偶然地说起。

陈鱼一呆，然后说："等长大了吧！"

"我们现在不就已经长大了吗？"

陈鱼一惊，然后说："长大，是从离家的那天开始的。"

第二天，陈鱼就独自一人来到了城市——这个被沙漠包围的城市。

尽管她不知道，来到这个城市会遇到什么人，发生什么事，对自己会有什么影响。可这又有什么关系呢。至少陈鱼清楚地知道，在这座她一无所知的城市里，一定会遇到什么人，一定会发生什么事，那些事一定会影响自己的一生。

而留在家里，一辈子，终究不过是第一天的反复。

在那样的小地方，陈鱼甚至不用思考就知道自己长大时的样子，因为祖祖辈辈的人都是那副模样，毫无例外。无论在他们年轻的时候，被认为是多么的美丽，多么的有才气，只要他们不走出去，就都毫无例外。

没有人希望一辈子就困在一个破旧的城市中，阴暗的办公室里，为了赚一些小钱，占一些小便宜，和一些鸡毛蒜皮的小事，浪费自己的一生。最要命和可悲的是，自己越长大就越不会觉得那些事情是小事——那些都是生活的全部啊。

和许多青年一样，陈鱼是揣着一份崇高的梦想来到城

市的，她最初的一个梦想就是成为一个电影明星。那是她所知道的惟一光彩夺目的职业，她一想到影星的工作能够扮演各式各样的角色，穿各种好看的衣服，就会兴奋不已。

那真是一个一见钟情的梦想，并永远都不会后悔。

第二章　狗尾草巷子

狗尾草比不上玫瑰美丽，却比玫瑰自由！

来到城市的第一天，她无处可去，只能住在最便宜的旅馆里，那是一个拐七拐八的小巷子里，一个破旧的工厂宿舍改成的。

旅馆所在的巷子有自己的名字，叫狗尾草巷子，狗尾草巷子是一条几乎被忽略掉的巷子。

巷子狭长，阴暗，拥挤，与这座美丽的城市辉映着，然而它的存在绝对不是为了将这座城市衬托得更加美丽，而是给这座美丽的城市增添一点别样的色彩，将原本仅仅是完美的城市，变得完整。

它的存在只是一种弱小生命的坚强存在，好像一袭完美旗袍上爬满的蚤，高楼大厦中流窜的老鼠，繁华都市流光异彩中暗淡的光，莽莽森林广阔原野中倔强的狗尾草，看又看不见，踩也踩不倒。

住在这个巷子里的人们，就像那些夹杂在鲜花和森林中的狗尾草一样，微不足道，甚至稍嫌讨厌地穿梭在这个城市里，过着属于他们的别样生活。未必精彩，却仍然是生活。

狗尾草也是喜欢肥沃的耕田吧！但只有在荒原上它才能生存下去。陈鱼也是一样。

陈鱼住的是一个四人间靠窗子的一张床，窗子没有窗

帘，这样晚上的路灯和早上的阳光都会毫无顾忌地照射进来，强光除了刺眼之外没有什么不好，至少床单会因为明亮的光线，显得干净一点。

这样一个房间，除了要花钱之外，陈鱼总体上还是很满意的，惟一的不足之处，就是四张床除了陈鱼和一个中年女人之外，还睡着两个男人。小旅馆的老板和那个中年女人担保那两个人男人，不会在半夜三更爬到陈鱼的床上。

而其实，陈鱼心里倒是觉得，那两个男人最可怕的不是偷偷地爬到自己的床上，而是每晚雷鸣一样的呼噜声。陈鱼还是一个从来没有接触过男人的女孩儿，而真正开始习惯男人，就要从他们的呼噜声开始。尽管那些呼噜声吵得陈鱼每天几乎都是天快亮的时候才睡去，但她依然能够保持在天亮的时候起床。然而，陈鱼依然幸福乐观地面对这一切。毕竟，住在屋子里总比睡在马路边的长椅上好许多。

心怀梦想的人，无时无刻不是精力旺盛、斗志昂扬的。

从此她开始收集一切关于怎样能够成为演员的资料，并每天从早到晚，在公共水房惟一的一面镜子面前，自己对自己说话，自己心中想着各式各样的人物，揣测着他们的心理，模仿着他们的表情，微笑，恐惧，抓狂，冷漠，漫不经心，皮笑肉不笑，笑靥如花。

陈鱼似乎是一个十全十美的女孩儿，男人看到她的美丽，女人看到她的可爱。这使她在面对任何人的时候都是一个受欢迎的人，所以在她对着镜子大声地念着台词的时候，从她背后经过的人，只是憨憨一笑，那笑里，有他们对陈鱼的全部祝福，也是他们所能做到的全部。

住在那间小旅馆的人都是这个城市最贫穷的一些人，但他们又是最宽容、善良和乐观的，但陈鱼知道，自己终究有一天会离开他们的。总有一类人，在一个群体中一眼就会被区分出来，就是这一类人，注定会离开这个群体，一直到找到属于他们自己的群体。

陈鱼的第一次机会，出现在一个星期之后。

她在旅馆老板的报纸上，看到了一个电影剧组在公开招聘女主角的信息，陈鱼天真地以为那是她命运的转折点。

因为在那天之前，陈鱼已经花光了身上所有的钱，再没退路，甚至连坐以待毙的机会都没有，当一个人的命运被逼到绝境上的时候，她都会愿意相信"柳暗花明又一春"，"物极必反"，只是一个概率的问题，而不是一个绝对的问题。

一周的时间里，陈鱼已经和房间里的那个中年女人，和两个稍微四十多岁的男人建立了很好的关系。他们三个是陈鱼在这个城市中最初接触到的三个人，除了感到温暖之外，陈鱼还隐约看到了自己的将来。所以她每天都在不断地坚持，她知道，只要自己稍微一放弃，自己的将来就和他们三个一样。

他们三个，和这个廉价的小旅馆中的大多数，都是在年轻的时候来到城市，他们一定也都是带着美丽而又崇高

的理想来到这个城市的，然而，真正的生命轨迹绝对不会因为没有实现的理想而改变。尽管，人们有理由相信，想多远，才能走多远。

"我听说现在有一些剧组公开选演员只不是一种炒作的方法，实际上谁当主角，谁当配角，谁当跑龙套的早早就都确定下来了。"其中一个男人说，他是拉人力车的，每天不停地在大街小巷上穿梭，奔跑，他听来的，也就是这个城市所流传的。

"其实啊。我觉得成不成明星倒也没什么，主要是注意安全，别被骗了，现在有好多导演，趁机欺负女演员，你到时候可千万多个心眼儿。"那个中年女人告诫陈鱼说。这三个人中，她对陈鱼是最好的，就像对待自己的女儿一样好，在这一周的时间里，总会捎带着帮陈鱼做一点吃的，洗一点衣服。

她的工作就是在洗衣店工作，她也是在和陈鱼差不多大的时候，从很远的地方来到这个城市，她很喜欢属于自己的这份工作，尽管赚不到很多钱，却让她心里很踏实。她从不相信那些浪漫的幻想，尽管她年轻的时候也曾有过。同时，她还确信，那些天方夜谭般的鬼话，只能把人骗得一辈子都不认识自己，最终，什么都还没做，一辈子就过了。

"去吧！尽人力，听天命了。年轻的时候想做什么就去做吧！做了，无论是成还是不成，至少会得到一个确切的结果。"另外一个中年男子说，那是一个再普通不过的中年男人了，他身体惟一特殊的部位，就是他的那双手，平时都是紧紧藏在袖子里的那双手，伤痕累累，青筋暴凸，他是个鞋匠，终年在巷子的拐角，一个大宅的屋檐下，无论刮风下雨。

也正是因为他终年不休息，所以手上的伤口从来都是旧伤未愈又添新伤，永远也不会完全康复。但这并不能说明他不是一个好鞋匠，这就好像战死在沙场的将军，不能因此而被看作是一个平庸的将军一样。当然，也不能因此，证明他是一个技艺高超的鞋匠。

这些并不是重要的，最重要的是，他已经在这条巷子的拐角有十几年的时间了，人们早已习惯了他靠在墙上的姿势，他完全已经成了住在这里的人生活的一部分。

这是个穷人聚集的地方，鞋子坏了，永远要补，一遍又一遍。

甚至还有一些人，买回来新鞋子，都会拿过去，让他缝上一圈，以便能够让鞋子更结实，毕竟，鞋子是用来走路的。

第二天，陈鱼起得很早，确切地说，睡着和睡醒只是一眨眼的时间。

当陈鱼醒来的时候，正在下雨。

中年女人，在洗衣服的时候，悄悄地帮陈鱼拿回来一条白色的裙子。白色裙子的女主人去了外地要下周才能来取，所以中年女人有足够的时间，等陈鱼面试回来，洗干净，熨好，再还回去。这是中年女人第一次假公济私，也是她工作这么多年来最快乐的一件事情。

那个鞋匠，理所当然地给陈鱼准备了一双翠绿色的皮

鞋。那皮鞋是三年前一个小女孩儿留给鞋匠修理的，女孩儿放下鞋子的时候说第二天来取，而一晃三年就过了，女孩儿却始终没来。

鞋匠把那双鞋子修理好了以后，收藏起来，还会定时把鞋子拿出来，抹一遍灰尘，打一遍油，等待女孩儿随时来取。鞋匠的东西不多，那双鞋子或许是最贵重的一个，无论是否真的属于他。

陈鱼穿上了那条白色的裙子，和那双翠绿的鞋子。尽管裙子有一些长，鞋子也有一点挤脚，但一切依然显得那么完美，只有不知羞耻的雨，一直下个不停。

车夫拉着陈鱼在大街上飞跑，半个小时之后，停在了一个大院的门外，确切地说，车夫是被拦在了大门外，在这个城市中有许多的地方禁止他们穿行的。

从大门到楼门还有将近一百米的距离，大雨如注，陈鱼用手遮住头发飞快地跑了过去，但还是浑身都湿透了。

面试的人很多，有将近三十个人排在陈鱼的前面，等候厅里早已没有坐位了，陈鱼只能站在走廊里等，湿湿的头发紧紧地贴在脸上，冰冷的雨水顺着头发流到嘴角，被雨水淋透的漂亮裙子紧紧地裹在身体上，凹凸有致，很是好看。不过陈鱼却一点都不觉得，走廊里的风很大，陈鱼感觉到的只有冰冷。

陈鱼拼命地闭嘴，不让雨水流到嘴里，可牙齿却仍然不听话地在瑟瑟发抖。

因为寒冷，陈鱼感到度日如年，但一个上午仍然轻易地过去了，午休的时候，人们都出去吃饭了，只有陈鱼一

个人留在走廊里，静静地等着。等待是需要勇气的，尤其是那种不知道结果的等待。

身体的热量已经将衣服烘干了一半，但陈鱼并未因此而感到好过，饥饿和寒冷将陈鱼折磨得脸色发白，嘴唇发紫，但她必须继续等下去，因为她清楚，等待，至少还有等到结果的可能性。还有，陈鱼也真的不知道，除了等待自己还能做什么。

人很多的时候真的无须为了一种坚持而心怀自豪，因为那只是最后无奈的选择。

在下午的面试开始之前，一个和她年纪相仿的女孩儿，专程给她送来一杯热水，那是陈鱼那一天，惟一感受到的温暖，身体和精神一起。

下午三点时候，天空放晴了，阳光正好透过走廊的玻璃窗子，照到了陈鱼的身上，同时面试也刚好轮到了陈鱼，工作人员在走廊里大声地喊着陈鱼的号码。

雨后的阳光还有些寒冷，却异常的明亮；工作人员的嗓音很嘶哑，却异常的动听。陈鱼背离阳光，轻轻盈盈地走到屋子里。

陈鱼无论什么时候看上去都是那么轻轻盈盈的，但心里却未必，这个时候的陈鱼就下狠心告诉自己，无论如何都要成功。

这个无论如何，就带着一些不顾一切的血腥了，陈鱼甚至已经想好进到屋子之后的每一个细节了，包括导演会问自己什么，而自己如何回答，包括导演会让自己做什么动作，让自己做出什么表情，包括导演只要有一个色迷迷

的眼神，陈鱼就会毫不犹豫地在一秒钟之内褪下自己的连衣裙。

但是这个世界有太多事情都是"有心栽花花不开"的，往往因为太过渴望，而方寸大乱，最终事与愿违。

"就站在那别动。"陈鱼刚刚迈进门口，甚至可以说一半的身体在门内，另一半的身体还在门外的时候，导演叫她停在了那里。

于是，在经历了一个晚上的兴奋和一个白天的寒冷之后，陈鱼终于见到了导演。

而最可怕的事情也终于没有发生。陈鱼在准备面试的时候，最担心的就是如果导演是一个女人怎么办？因为，即便一个女人有倾倒一城一国男人的魅力，却未必能够倾倒一个女人。

那个导演剃着一个大光头，这样尽管距离很远，陈鱼还是能够看清楚，他是一个男人，这让陈鱼感到很欣慰。

陈鱼就安静地站在门缝当中，她知道，做一个演员，最重要的是听导演的话，坚决地去执行，永远都不要问为什么。

"之前演过什么？"导演问了一些最常规的问题。

"什么都没有。"

"最想扮演什么？"

"什么都可以。"

"今年几岁？"

"十九。"

"叫什么？"

"陈鱼。"

"好了，下一个！"导演大声地喊着。陈鱼的面试戛然而止，这是她始料不及的。

下一个仍然是一个和陈鱼年纪相仿的美丽女孩儿，她快速地从门与陈鱼之间的缝隙挤过，走到导演跟前。女孩儿的胳膊狠狠地撞在陈鱼的胸上，隐隐作痛，但最疼的还是心。

陈鱼缓缓地将自己的身躯从门缝中拖出来，可怜的身躯连拼的机会都没有，就已经牺牲。陈鱼机械地向前走着，继续拖着重重的身躯下楼梯，地转天旋，好在陈鱼最终还是走下去了，并没有在走到一半的时候跌倒，滚落。

如果她真的滚落，头破血流、失忆、高位截瘫，其中的任何一种，故事就都将变成另外一副模样。

这次面试的失败，让陈鱼有一种彻头彻尾失败的感觉，因为她还什么都没有做就失败了。那个导演甚至没有让她做一个动作，哪怕仅仅做一个表情。一周以来她自己在镜子前面傻傻地练习，甚至连展示的机会都没有。

因为遇到了这样一个奇怪的导演，所以即便聪明如陈鱼也没有预料到会发生这样的事情。这甚至还不如遇到一个真正的色魔导演，因为即便是色魔导演真的看上了陈鱼的美貌，非礼或者试图强奸陈鱼，那么无论陈鱼是反抗还是顺从，至少她能自己决定和清楚自己做的是什么。

而事实上是，她甚至还没有完全地踏进那扇门，就莫名其妙的失败了。

陈鱼能够容忍失败，却不能够容忍莫名其妙，这种气

愤让陈鱼一下子振作起来并充满了勇气。

陈鱼快速地爬上了楼梯，昂首挺胸，直接推开门走到了那个光头导演的面前。

在一切都顺利的时候，勇敢是很容易的事情。但此时对陈鱼来说，这种勇气更多的充满了悲壮。

光头导演仰着脑袋看着自己的下巴，胡子很短，陈鱼低着头看着光头反射的光，陈鱼突然感到这有一点滑稽，她甚至差一点笑出声来。

"我并不害怕面试不能通过，我只是不能接受，在你还没有真正了解我之前就把我排除掉。"其实这个时候，陈鱼已经不想再争论这个了。可既然已经和光头四目相对了，就干脆说点什么吧。

"我知道你叫陈鱼，十九岁，而且无论在多少年之后，在什么地方，我都能够一眼认出你，大声地叫出你的名字，告诉你，你曾经十九岁。"光头导演恳切说。这是一个出乎陈鱼意料之外的回答。

因为在光头导演问了那么多常规问题之后，陈鱼以为导演只会给她一个冠冕堂皇的官方答复。

所以，陈鱼一时语塞。

"其实这个面试是从一进大门就开始了的，而从你一进入大门，我们的工作人员，包括我，就开始注意到你了，中午，也是我叫人给你送的开水。"

"谢谢！"陈鱼打断了光头的话，她又想到了那杯水的温暖。

"不客气。"光头导演顿了一下，又继续说，"事实上，一整天我都在关注着你。都在不停地考虑，当你进到屋子之后，我该说些什么，该给你一个什么样的结果。想来想去，我觉得这个结果是最好的。因为，在这一天里，我看到了你的冷静，你的执着，以及从未遇见的只属于你的非凡气质，或许你还不了解这些东西，或许你还不了解自己，但这些东西必将在不久的将来，将你带到一个我们无法预料的高度上去。而我的建议是，无论做什么，都不要做演员。"光头导演一口气讲完这一大段话之后，深深地吐了一口气。好像一个害羞的少年，终于鼓足勇气向自己爱慕的姑娘表白之后一样的放松。

"谢谢！"陈鱼苦笑着回答。并边说边离开了那间屋子，那幢楼。还有什么可说的呢？总不能为了自己的理想，而让别人以为自己是在谋财害命吧！

陈鱼走出大楼的时候，天已经大晴了，七月的天，都是说变就变，没道理可讲。

此时已经邻近傍晚，太阳火红。陈鱼走出了大门，一眼看见不远处拉车的中年男人，中年男人也一眼看见了陈鱼，马上快乐地把车拉过来，一脸的笑，却不说什么，只是会意陈鱼上车。

陈鱼上车之后，看到坐位上有一个包好的烤红薯，已经凉了。但陈鱼还是开心地大吃起来。

事实上，这并不是个十分悲伤的一天。

所以后来，陈鱼看上去理所当然的昏睡，理所当然的昏迷，理所当然的发烧，都不是悲伤，而是寒冷劳累所致。

一周之后，在两个大男人和一个女人轮番照料下，陈鱼终于康复了。所有的人都长长地叹了一口气。

当她能够以一个健全的身体来面对这个世界的时候，那些注定无法逃避的事情，再次蜂拥而至。

说来都是一些因为贫穷而无法避免而又微不足道的小事，尽管陈鱼对它们不屑一顾，但它们仍然阴魂不散，只要生活还要继续下去，就永远也无法逃脱。

吃饭欠下钱，住店欠下钱，看病欠下钱，许多有着崇高理想的人，最终都因为这些事情，而丧失了真正的自己。

所以陈鱼对导演的一番好意，只能苦笑。所以，陈鱼必须面对现实的生活，当崇高的理想成为空中楼阁之后，活下去成了理想的底线。

好心的女人把陈鱼介绍到自己的店里，对于陈鱼来讲那并不是一个很好的工作，但至少能保证她留在这个城市当中——她距离自己理想最近的一个地方。

最后成为洗衣店的女工，是不曾想的事。

不过这并不影响陈鱼来实现自己的梦想。

也正是因为有着这样的梦想，陈鱼才会每天在洗好衣服之后，挑一件最顺眼的衣服穿在身上，想像着衣服的真正主人每天的生活。好像在电影中扮演衣服主人的角色。

也算是殊途同归。

陈鱼第一次穿的是一件中学生的校服，白衬衫，蓝裙子，不过却不是老人看到的那件，陈鱼喜欢把自己打扮成那个样子，因为美丽，更因为这个城市的所有女中学生都

穿成这个样子，永远也不用担心会被认出。

那一天，那是个阳光很好的下午，陈鱼穿着那身校服，来到久违的操场上，坐在一颗一万二千年的石头上，发了一个下午的呆。在这样一个下午，陈鱼很自然地就想起，在离开家的前一天，和庄梓说过的那些话，已经发生的这一切到底值得不值得。

期间，下课铃声响的时候，一个瘦瘦高高戴眼镜的男生，坐到陈鱼身边。

"你是哪个班的?"男生问陈鱼。

陈鱼笑了笑，不回答。

十分钟之后，上课的铃声响起的时候男生又说：

"走吧！回去上课吧！"

陈鱼还是同样的笑，不说话。

男生已经站了起来，见陈鱼不动，又坐了下来，安静地陪着陈鱼，一直到整个下午都过了，男生再没说，陈鱼再没笑。

人生总是有许多这样的不期而遇，和永远的擦肩而过。

或许那个男生在毕业之前和毕业之后的很多年里，都会一直在寻找那个和他坐了一个下午的美丽女生。或许在他找遍了每个班级都没找到陈鱼之后，会形成的一种假想——在很久之前的一个下午，自己在海边的礁石上，看到了忧伤的美人鱼，他们一起发了一个下午的呆，之后，美人鱼一跃回到了海底，事情到此终结。毕竟不是每一次王子和人鱼的相遇，都会演变成一段凄美而又悲壮的传说，

千古流传。

因为，人鱼毕竟也不会每次都刚好遇到王子。

然而这些已经不那么重要了，重要的是，那个下午，在他们的记忆中如彩虹般绚烂。

第二次，陈鱼穿的是一件黑色的晚礼服，开始的时候，她只想穿给自己看，然而当她穿上衣服之后，她被自己的美丽给惊呆了，在屋子里不断地对着镜子旋转，翩翩起舞。从白天忍到晚上，最终她还是没能忍住，走出屋子，向全世界展示自己的美丽。

鬼使神差，或者是阴差阳错，陈鱼来到了一个上流社会的酒会，陈鱼轻而易举地就穿过了大厅，在门口守卫的人甚至不敢用正眼面对她的美丽，更不用说请她出示请柬。

那一晚，尽管陈鱼没有化妆，尽管没有高贵的项链来点缀自己的美丽，但她仍然成了那次酒会的焦点，成了绝对的主角，成了高高在上的女王。

整个晚上，男人们崇拜地围绕着她，以乞求的方式希望能与陈鱼跳一支舞。

整个晚上，陈鱼都在旋转，地转天旋。尽管陈鱼知道，这一切都是虚幻的，但她依然迷恋这种感觉。

这也是她希望做一个演员的原因，永远可以扮演不同的角色，经历着不同的故事和人生，生命永远在新奇当中。

一辈子短短的几十年，可以过得像一万年那么长。

整个晚上惟一有一点不和谐之处是，陈鱼一直觉得有

一双眼睛在盯着自己，尽管陈鱼不知道目光来自哪里，但她依然能感受到，那种目光不同于满场男人们千篇一律的眼光。

一直到凌晨的时候，陈鱼终于看到，那目光来自一个穿红色晚礼服的女人。陈鱼一见到那女人，立刻变得惊慌失措，诚惶诚恐，并且随即在那曲舞结束之前，逃似的离开了酒会。

陈鱼不知道那女人是否认出了自己，但陈鱼一眼就认出了，那女人就是在上周送礼服去洗衣店的女人。或许女人根本没有认出，陈鱼就是洗衣店中那个不爱说话的女孩儿，她一直注视着陈鱼，只是在惊讶，世上怎么这么巧，偏偏有这么一个美丽的女人有一件和自己一模一样的晚装，并且光彩夺目，倾国倾城。

第二天，陈鱼工作的时候一直担心那红衣女子来取衣服的时候看到自己。好在那女子那天没有来，以后也没有来。

女人甚至会因为嫉妒而抛弃一段爱情，一个男人，一生的幸福，何况区区一件衣服。

尽管女人没来，但陈鱼却再也不敢穿着别人好看的衣服招摇过市了。

但她依然难以抗拒展示自己美丽的诱惑，所以她一般会找一个人少的时候，来到玫瑰大街的长椅上，坐上一个下午。也正是这种坚持，才最终导致遇到了老人，才能最终来到疯人院中扮演一个天才。

一个能够扮演任何女人的天才。

　　尽管目前为止她的观众只有一个人。但是，扮演各式各样的角色给数以万计的人看，和给一个人看，那其实不应该是一个好的演员该在乎的东西。

　　陈鱼相信那句话：

　　每一个人的一生都是一部戏，命运是被事先写好的剧本，自己是自己的主角，所有在他的生命中出现的人都是他的配角，帮助他扮演好自己的角色。

　　所以陈鱼一直是快乐和充满着热情的，因为她始终是主角。

第四部分　院长之死

院长的死，有一些贼喊抓贼的残酷。

一件事情与另一件事情的衔接，展现出最荒唐的错位。

第一章　没有过去的人

——真正属于自己的只有过去。所以，没有过去，就是一无所有！

"该你了?"陈鱼对庄梓说。

"什么? 哦，我几乎没有过去。"庄梓说。

"怎么会? 看来你才真的适合做天才。"陈鱼在开着玩笑。

"天才?"庄梓不懂陈鱼在说什么。

"是啊! 我问老人，做天才要有什么代价。他说，所有的天才都是没有过去的人。"

"你快说啊。"陈鱼在催促着庄梓。

"真没有。"庄梓也有些急。

"那你的童年是怎么过来的?"陈鱼问。

"被大人一巴掌一巴掌打过来的。"庄梓一句话带过。

陈鱼听完就不再追问下去了。对于一个青年来说，如果童年是不幸的，毋宁没有童年，没有过去。

"哎!"陈鱼叹了口气。

"我明天就走吧!"庄梓平静地说。他知道陈鱼叹气的原因。

"再想想吧。看看有没有其他的方法吧。"陈鱼想了想说。

庄梓不说话。过了一会儿陈鱼又自言自语地说:

"你要是有过去就好了。"

"什么?"

"你要是有过去的话,就可以跨过这件事情回到过去啊。"

"哎!又不是翻过一道墙,看墙那边不好,轻易地就再翻回来。"庄梓笑着说,他被陈鱼逗乐了。

"也是。"陈鱼也被自己的天真逗乐了。

一夜无眠。

第二天,陈鱼和庄梓各想出了一个主意。

陈鱼说:"去自首吧!"

庄梓说:"还是跑吧!"

陈鱼说:"事情总要了结的!何况我们都清楚你什么也没做。"

庄梓笑笑,什么也没说,她知道陈鱼都是为了他好,可好心却不代表一定能办好事。

和陈鱼相比,庄梓虽然年纪小,却更了解这个世界。因为他是被大人一巴掌一巴掌打大的,所以他清楚并不一定是做错事才要被打。许多的事情都是白的被说成了黑的,还让你百口莫辩。

"我可以给你做证啊!我可以证明是我把那个小偷带走了,之后的一切就都与你无关啊。"陈鱼开始表现得很兴奋,眼神中带有不甘。

庄梓有些心动,这是第一次有人想要替他出头。

"后来呢?后来发生了什么?"庄梓问,他也很想知道事情的真相。

“后来我就被围住了，就不知道他跑哪儿去了。”陈鱼说。

深夜，陈鱼以为庄梓已经睡着了，偷偷地起床，敲响了老人的门。

人到老了就会容易失眠，尤其是在冬天的晚上。

几乎每个晚上，老人都是关上灯，在劈里啪啦响的壁炉旁眯着眼，偶尔也会倒上一杯红葡萄酒，品酒听风看熊熊烈火。偶尔会想一些事情，但大多数时间是干坐着。他越来越感到自己的衰弱，甚至连回忆和胡思乱想的力气都没有。

这一夜也是这样的，直到陈鱼敲响了门。

“我有一件事情一直在瞒着您。”陈鱼开门见山地说，然后大致地讲了一下事情地经过。

“你想怎么办？”老人眯着眼问。

“我想让他去警察局说清楚，因为我知道他是无辜的；但是他想逃跑，他不相信警察。所以我来问问您，看看是不是有更好的办法？”陈鱼声音小小的。

“还是听他自己的吧！”老人无奈地说。

“可是万一被抓住了，就是畏罪潜逃啊。”陈鱼争辩着。

如果这不能解释为陈鱼是爱着庄梓的，那么至少可以解释为陈鱼是疼着庄梓的。所以她想让他必须摆脱目前的麻烦，然后光明正大地做人。

“自己知道自己没有罪，当然是想去哪里就去哪里了。”老人充满禅机地说。人一到老也都变得不愿意把事情直接说清楚了。

"我再想想。"陈鱼说。

这是陈鱼的否定。庄梓才仅仅十七岁，如果他真的就这样一走了之，就会永远被定格在"逃犯"这个恶名上，一辈子都不能翻身，而且注定一辈子都要浪迹天涯，终日惴惴不安。

第二天的下午，那个穿黑衣的男子来了。

就在那样一个平常的几乎可以忽略掉的午后，陈鱼做了有生以来最错的一件事情。

"我遇到了一些麻烦。"陈鱼对黑衣人说，这是黑衣人第一次听到陈鱼说话，声音很好听，可终究是常人发出的声音。

黑衣人不说话，朝陈鱼点了一下头，表示自己听到了，示意陈鱼继续说。

"我弟弟被误认为是杀人犯。我清楚他是无辜的，我要还他的清白。"

陈鱼很激动地还要再继续说下去，男子却上前很暧昧地把两根手指轻轻柔柔地放在了陈鱼的嘴唇上。他们相互看了看对方。

安静。除了陈鱼的喘息声。

这个时候，庄梓藏在陈鱼的床下。或者说他没有藏，那原本就是他的地方，只不过他和陈鱼都没告诉那个男人他在那里罢了。

或许，可以形容庄梓是躲在床下的。但他还只有十七岁，还是个男孩儿。所以可以原谅他的懦弱。

　　紧接着，男人走到窗前拉上窗帘，但没有拉严。那窗帘是拉不严的，陈鱼喜欢在深夜里，有一道月光照到床上，照到她裸露着的光滑身躯上。这个时候，陈鱼就变成了一条在月光中畅游的鱼儿。虽然大部分的夜里都是月凉如水，但并不能阻挡陈鱼的裸露，为了不错过某一夜的月光如华。

　　可是在这样的下午，月光都不知道躲哪儿去了。只有浑浊的阳光拼命地挤进来，窥视着屋中的一切。

　　于是在那个时间，那个地点，那种角度，那种光线下，庄梓喘息着，吸引力来自于陈鱼垂在床沿的那一对骨感的踝骨，只不过那对美丽的踝骨总是和一对瘦骨嶙峋的踝骨交织在一起。

　　陈鱼和那个男人在床上翻腾，庄梓只能看到从床上搭下的小腿，因为兴奋和用力，而青筋暴凸，陈鱼始终有所顾忌的小声呻吟着，不过这还是勾起了庄梓的欲望。尽管庄梓不是第一次躺在床下听男人女人在床上翻滚，但显然这一次来得更猛烈。

　　庄梓仰面躺在地板上，呼吸声越来越急促，好在床上男人声音更大，根本顾及不到他，那双美丽的脚不停地在庄梓面前晃来晃去，触手可及，庄梓终于忍不住，抬起手一把将离他最近的那只脚，握在了手里。

　　床上的陈鱼终于忍不住大声地叫了起来，男人还以为是自己让陈鱼兴奋了起来而更加地卖力了。

　　庄梓一只手抓着陈鱼的脚，抚摩着，另外一只手很自然地摸到自己的胯下，很快，高潮终于来临了，庄梓尽量抬高头去亲吻陈鱼的脚趾，陈鱼满面通红。

床上只有一个男人，但陈鱼却似乎感到了有三个男人一般，床上的脱了黑衣一身赘肉的男人，床下的庄梓，还有记忆中那个叫庄梓的男孩儿。

在那样一个破败的教室里，陈鱼和庄梓最初的肌肤之亲的暧昧也是从脚踝开始传递的。只不过是在有限的几个男人里，年龄一个比一个小，却一个比一个深刻。

喘息声都结束，每一个都完全平息下来之后，男人平静地穿衣服，不尴尬也不羞涩。

"总该留下句话吧。"当光身男人一瞬间又成了黑衣男人，而且快速走到门口的时候，陈鱼问。

男人的手停在门把手上，半转身说："警察抓逃犯，其实只是随便找一个人来当替罪羊，至于是谁杀的，哪有那么重要啊！就好像要吃猪肉，只是随便抓来一个宰了就吃，尽管是能抓到最肥的那只最好，但也未必就一定要抓到最肥的那个啊！"

如果你的才能是做一个仙女，你就去做一个仙女，如果你去做一个妓女，你连最烂的妓女都不如。就好像鹰之所以是鹰就是因为它飞在天上，一旦它想潜入水里，就连一株海藻的力量都难以抵御。

陈鱼也一样，一旦她放弃了高高在上的架子，非但不能落入凡间，反而会坠入无底的深渊。

所以，若世上真的有天才，天才一定要记住：天才不能求凡人。

"对不起。"庄梓从床底下爬出来说，面色还潮红，

气息还没有匀和。

陈鱼光着身子平静地说："男人女人本应该就是这个样子的，好女人应该风情万种，好男人应该豪情万丈。"

女人是水，点燃很慢，熄灭却快。

第二章　逃

——逃，也是一种战斗！

"趁夜走吧！"

深夜，陈鱼瞪着眼睛对庄梓说。和以往不同，这次庄梓没有在床下，而是躺在陈鱼的身边，确切地说，是陈鱼枕着庄梓的胳膊埋在庄梓的胸膛里。

窗外不知道从什么时候开始下起雨来，而且越来越大，电闪雷鸣。

庄梓一声不吭，起身穿衣。

"雨停再走吧！"陈鱼一把抱住了庄梓赤裸的上身，庄梓的胸膛冰冷，陈鱼的胸膛滚烫。

"这样的夜最适合逃亡。"

"你准备去哪？"陈鱼一把抓住正在穿衣服的庄梓的胳膊。

"我准备了十六年从家出来，却走到了这步境地，所以，准备是没用的。"

"我和你一起走！"

"你留在这，我会回来找你。"庄梓吻了一下陈鱼浸满泪水的嘴唇。

而陈鱼一直瞪着眼睛，满眼噙满泪水，将信将疑地望着庄梓的眼睛。

"你是我的故乡。"庄梓坚定地说。

说完把陈鱼抱起放到床上，盖上被子，然后毅然决然地转身，出门，不回头。

剩下陈鱼一个人在床上泪流满面，比窗外大雨如注的夜还绝望。

"你是我的故乡。"让陈鱼想起一首诗歌。

> 你忘记了你的初恋了吗？
>
> 你忘记了你的故乡了吗？
>
> 你永不回来。
>
> 就永不会忘。

绝望不仅仅是因为"不回来，不会忘"，更因为，一旦回来，恋人就再也不是恋人，美好也将不再美好。

在这样一个风雨交加之夜，只有鱼缸里的章鱼舞弄缠绕着触须，或许这样一个嘈杂的黑夜，让它想起了久违的大海深处。

> 这是一个一无是处的世界
>
> 这世界不快乐
>
> 这是一个体无完肤的城市
>
> 这城市太冷漠

用上所有最尖酸刻薄的词汇来形容这个世界都不会显得自己的恶毒。然而当人们要离开这个世界，离开一座城市的时候，还是会有一些留恋的，也总能找到一些值得留恋的地方的。

庄梓也一样，当他真的决定要离开这座城市的时候，他总是不能自已地想到一个女孩儿，阿含。

离开疯人院之后，庄梓一直不停地奔跑，朝着西边一

直跑，按照庄梓的速度，两个小时他将离开这座城市。

可就在他跑到一半的时候，突然一转弯，回到了他最熟悉的那个地方，修车厂。

庄梓从来不知道自己是喜欢阿含的，阿含也不知道庄梓是喜欢自己的。

庄梓甚至是有一些莫名其妙地跑了回去，他和阿含甚至没有说过一句完整的话。惟一的记忆就是庄梓藏在了床下，阿含和小瓦在床上。庄梓清楚自己想见阿含，不是喜欢也不是不舍，而就是单纯地想见上一面，想看看她现在变成什么样了。因为庄梓知道，他一旦离开，这一生就再也不可能见到阿含了。

"我知道你们会！就像你们抛弃庄梓一样！"庄梓一直记得阿含说的这句话，因为这句话，他们同为天涯"沦落人"！事实上阿含和庄梓也真的是一类人，她和庄梓一样都是从很远的地方来到这个城市，庄梓在这里学习和帮忙修车，阿含在这里帮忙擦车。他们俩惟一的区别，只是庄梓是个男人，阿含是个女人，所以阿含有幸成为小舟的女人。所以，当她一旦不是小舟的女人之后，她将和庄梓变成一样。

这样的故事，有一些像武侠小说中的故事，被人追杀的剑客，本来有一百次逃跑的机会，却都被他一一错过了，最终为了一点微不足道的小事，或者毫不相干的女人，永远地没有走成。

但没有走成只是最终的结果，好像人最终要死一样。重要的是其中的林林总总。

庄梓并不知道阿含是否已经离开，所以他只能回到修车厂里去找小舟，这有一点自投罗网的味道，但却是庄梓惟一的方式。

嘈杂的雨声将原本寂静的夜变得杂乱无章，却掩盖了庄梓潜入修车厂时的声响。在去敲响小舟的房门之前，庄梓先回到了自己的屋子，他来到这座城市一直居住的那间屋子。

屋子很安静，一股发霉的味道扑面而来。衬着雷电的光，庄梓能够看到杂乱的床上并没有人，于是他很自然地躺在床下，那是对这张床，最后的温存。

可就当他躺在床下的时候，突然触到了一个温暖的躯体，庄梓被吓了一大跳，但他很快冷静了下来，毕竟那具躯体是温暖的，庄梓甚至能感觉到那具躯体的呼吸。

"你是庄梓吗?"一个冷漠的年轻女人声音。

"你怎么在这?"庄梓听出年轻女人的声音是阿含。

实际上，两个人都在心里被吓了一大跳，一个三更半夜潜回一个自以为只有自己知道的老地方，却发现那里躺着一个人；另一个半夜三更，睡在一个自以为最安稳的地方，却被不速之客吵醒。

但两个人又都保持着冷静，或者说经历了太多的事情早已宠辱不惊了。

"你和小舟分手了吗?"庄梓紧跟着又问了一遍。

"你怎么回来了?"阿含反问。

"就要走了。"

"那就走啊，走得远远的!"

"就是想回来看一眼。"

"有什么可看的。"

"是没什么可看的，可还是想看看。"

"快走吧！趁夜。"

"自己多保重。"庄梓最终还是没能说出那句话"我是回来看你的"。有一些话，即使是真心的，但如果听的人和说的人都不相信的话，还是不说出来的好。

庄梓一骨碌爬了起来。这个时候雨已经渐渐渐小，天空也已经渐渐渐亮。

"你也保重。"阿含躺在床下一动不动。庄梓看不到阿含的表情，但想必也是和声音一样面无表情。

"对了，有一件事要告诉你。"阿含冷漠地叫住了庄梓，然后接着说："下午，你的老家打过电话来，说你爷爷病重，接电话的小舟，他说你早死在你爷爷前面了。"

有一些重要的事情，知道了不如不知道。因为知道了也不能改变事情的结果，却可以改变自己一生的命运，向坏的方向。

庄梓听到这个消息之后，马上，奔向了车库。

第三章 飞向天空的骨灰
——爷爷

如果骨灰还能载动灵魂，一切就依然完美！

爷爷希望自己死之后骨灰不要火化，希望雇镇子上最好的喇叭手，希望能埋在一个不是奶奶的女人旁边。

爷爷的愿望一个都没有实现，但爷爷的骨灰飞向了天空，爷爷的灵魂也将飞上天空，灵魂将变成年轻时的爷爷，在一个美丽的地方见到爷爷记忆中的那个美丽姑娘，继续走向完美。

当庄梓开着从车库里偷来的黄色跑车，奔腾在沙漠中的公路上时，天难得晴得湛蓝。那是一个单排坐漂亮跑车，庄梓从前连能擦洗这样的车的机会都少得可怜，至于能够拥有这辆车，庄梓只敢偷偷地想，即使是最亲近的人也不敢告诉，会被笑死的。

但庄梓还是偷偷地想着，想着自己驾驶这辆车在马路上飞奔时的样子，想着向身后疾驰的马路，当然，车上最好还能坐着自己最爱的女人！

现在他终于实现了，却一点高兴的表情也没有，甚至根本没想到女人！他满脑袋充斥着的只有一个念头，那就是开快点，再快一点，快一点，或许还能和爷爷说上一句话，对望一眼，或者在抱着爷爷的时候，至少躯体还能是暖的，是软的。

然而，就在庄梓跳上车，发动引擎，飞奔而去的同时。

　　修车场的门卫意识到有人偷车，马上报了警。只不过庄梓驾驶的那辆车的性能真的完美，或者是庄梓天生就有驾驶的天赋，警察只能望尘莫及。连庄梓的车影都看不到。

　　最终，庄梓在太阳落下山之前，迈进了家门。而他早已记不清楚，他去城市的时候是用了五天五夜，还是六天六夜。他也从来都不知道自己能够这么快的回到家里，因为他从来都没想回来。

　　故乡的人看见庄梓开着漂亮的车这么快就回到家了，马上就都聚集在庄梓家的院里院外，而原本已经动弹不得只有一口气还在的爷爷躺在炕上，透过窗子看到长高了、长壮了的孙子回来之后，居然一掀被窝走下了地，容光焕发地走出屋子去迎庄梓。

　　后来，爷爷在几个小时之后就去世的事实证明，这仅仅是一次，令人幸福的回光返照。

　　还没和孙子说上一句话，爷爷就吩咐其他的亲戚准备酒菜，一定要为庄梓接风，一定要和庄梓喝上几盅。

　　亲戚们很快就端上了六个菜，摆满了一炕桌，菜很丰富，有鸡有鱼，那原本是准备在爷爷的葬礼上祭拜爷爷用的，所以只有一桌。至于爷爷死后的酒席，不过是白菜炖猪肉和牛肉炖萝卜，全村人都要来吃上三天的。

　　无论是生前还是死后，只要是爷爷吃掉，也就不可惜了。

庄梓眼看着爷爷很好的，而邻居又给自己打电话说爷爷病重，开始很不明白，后来闻见屋子里重重的药味，看见周围人复杂的表情，才相信爷爷是真的病了，现在只不过是看到自己回来，高兴得忘记了自己是个病人。

一个人若能忘记自己是个病人，就表示自己不是个病人，那该有多好。

周围的人都看着爷孙两个喝酒。被如此多的人看着，自己坐在中间，成为主角，让庄梓很有成就感。在庄梓的记忆中，一直是父亲和爷爷与某个长辈在这张炕桌上喝酒的，而自己只是在外屋边烧火边玩蚂蚁或者蛐蛐，等待着父亲和爷爷叫自己热菜，或者烫酒。

"外面那车是你的?"爷爷问。

"嗯。"

"要多少钱?"

"不多。"庄梓低头说。

爷爷却显得很安静，安静了一会儿之后，脸上露出了很开心的微笑。

"爷爷，爷爷你怎么了?"庄梓一直问。

"这下我就放心了。"爷爷说完，身子往旁边一歪，就休克了。

周围的人一下子围了上来。庄梓第一个扑了上去，摸摸爷爷的鼻子，还有呼吸，抱起爷爷冲出了人群，开右边的车门，把爷爷放在副驾驶的位置上，帮爷爷系好安全带，然后自己转到另一端，开车，飞奔而出。

出村子的时候与一辆警车擦肩而过——那是来逮捕庄

梓的。

庄梓要带着爷爷去最近城市的医院。车开得很快，路很颠簸，爷爷很快就醒了过来了。

醒来之后的爷爷发现自己坐在汽车里，坐在汽车里的爷爷，甚至以为自己进入了天堂，在坐位上看着自己的家乡。

那条路，他走过上千遍，但要么步行，要么坐驴车，惟一的一次坐拖拉机，还撞掉了最后一颗牙齿。

爷爷很长时间才转头，看到庄梓，才知道自己还没有进入天堂，只不过是在孙子的车里。

"我们这是去哪里？"爷爷问庄梓。

"医院。"庄梓看着爷爷幸福的样子，很想哭。

"我们回去吧！"爷爷说。

"你会好的。"庄梓说。

"回去吧！"爷爷安静地说。

"在我死后你要记住替我做三件事情。"爷爷慢慢地说。

"第一，我死后的骨灰不要火化，我总觉得死无全尸是一件不祥的事情；第二，死后要雇镇子里最好的喇叭队，就是王二麻子的那个队，吹上三天，爷爷就爱听那个；第三，我不想埋在你奶奶身边，我们一辈子吵架，我不想死后也不安宁，你帮我去老王家说说，看能不能埋在她姥姥坟的旁边，我们才应该是一对。"爷爷一件一件地说完，说到最后一件的时候，庄梓甚至察觉到了爷爷的脸红了，人一直到将死的时候还能够脸红，多幸福。

"你答应吗?"爷爷问。

"我答应。"庄梓说。

和许多电影中的片断一样,活着的人答应了濒死的人的某个条件之后,濒死的人就死了。

爷爷死了。

庄梓知道如果自己不答应爷爷的条件,爷爷或许还能多活几秒钟,或者几天,也许是几个月,但活着的每一分钟都将是痛苦的煎熬,并且说不定某一刻死了,就将是一次永远都无法挽回的死不瞑目。

庄梓把车停住,与已经死去却还在微笑的爷爷拥抱了一下,甚至还贴了一下脸,庄梓还清楚地记得,在自己很小的时候,疼爱自己的爷爷总是用胡须不断地扎着自己的脸,表达着自己的爱意。

也就是这些温暖,一直伴随着爷孙两个人,让他们两个人在相依为命的时候,也能够坚强,能够感到幸福。

时间过得好快,在记忆中的童年已经隐约是一个遥远的梦,而庄梓多么希望现在发生的一切,不过是童年的一个清晰的梦,无论多清晰梦都将醒来。

一切还都将重新再来。

庄梓靠着车窗抽烟,点燃,吸了两口之后,把烟含在爷爷的嘴里,然后,慢慢地等待烟燃尽。

再次回到坐位,发动汽车,调了一个头,方向由医院变成火葬场。

晚上的火葬场已经没有人,所有的鬼故事都是从这个时间传出。

庄梓与自己的爷爷在车里，却一点都未感到害怕，无论是活着还是死了，爷爷都永远都是爷爷，从十七年前开始，到一亿年后仍是。

庄梓先下车，然后打开另一侧的车门，从中抱出爷爷，好像十几年前爷爷抱着自己，重量都差不多，庄梓小的时候浑身都是肉，不同的是爷爷已经只剩下一把骨头，硌得庄梓心疼。

非洲有一个部落的人，他们睡觉的时候，就是用自己亲人的腿骨做枕头，他们相信鬼神，却从不害怕，把亲人枕在脑袋下面，他们相信在睡着的时候，会与亲人相聚，继续他们活着时候的快乐。

庄梓就那么抱着爷爷走进了火葬场的大厅，抱着爷爷挂号、缴款，等待，

很多送亲人的人在号啕大哭，庄梓却一滴眼泪都没有流。真的，并非所有的结束都是值得悲哀的。

一直到把爷爷送进工作人员手中的时候，庄梓看了爷爷最后一眼，爷爷还在笑，庄梓不是没有看见爷爷笑过，而这一次除了是最后一次之外，最重要的，这是爷爷笑得最满足的一次。

从前的笑容都是夹杂了太多的无聊、苦涩、自嘲、无奈。

在以后每当庄梓想起爷爷的时候，能够想到的也总是这个微笑的面容，这很好，我们愿意谁给谁留下的所有回忆，都是微笑。

尽管庄梓开着很好的车，但实际上庄梓的身上并没有

钱。当工作人员要庄梓选骨灰盒的时候，庄梓想了想还是选了一个最贵的。最终，庄梓是用那辆跑车的备用轮胎付的款。

庄梓并没有按照爷爷的要求来做，因为庄梓并不相信来生，也不相信死人会看到什么。但他相信爷爷是了解自己爱爷爷如同爷爷爱自己的。

葬礼从某种意义上讲是给活着的人看的，而对于活着的那些人，对于那些庄梓不爱也不爱庄梓的那些人，庄梓才不管他们会看到一个怎样的葬礼。

爷爷已经死了有两个小时了，庄梓一直都没哭。但当庄梓接到装满骨灰的骨灰盒的时候，眼泪却掉了下来，爷爷进来的时候，虽然已经没有了灵魂，但仍然是一具生动的身体，样子还很好看，就很像活着的人，而仅仅两个小时之后，一切，有生命的和无生命的都化为了灰烬。

庄梓感到脑袋里一片空白，似乎连记忆都一同化成了灰烬。

庄梓走出去的时候，习惯性地看了看天，怎样看都没有下雨，尽管这个时候没有雨让人似乎觉得少了些什么。

没有雨，很大风。

庄梓还是先开右侧的车门，将骨灰盒放在副驾驶的坐位上，还习惯性地帮骨灰盒系上安全带，安全带很配合的，松垮垮地倒在椅子背上。

庄梓开车飞奔，时速已经到了二百公里，车因为颠簸而几乎飞了出去，庄梓意识到自己需要冷静一下，于是拉下车窗，吹风的感觉很好，有飞起的感觉，或许是庄梓觉得自己飞得还不够快，他又拉下了跑车的顶盖。

车在崎岖的马路上颠簸，每时每刻都在跳跃，都在短暂地飞翔，庄梓突然想起小的时候和爷爷一起做了一个金鱼模样的风筝，就这样窜来窜去，窜上窜下的，怎么也飞不上天空。

突然庄梓看到那张鱼的面孔，变成了自己的面孔，庄梓终于忍不住号啕大哭。

大雨也轰然落下，很及时。

庄梓转头，想看看爷爷是否会被淋湿的时候，发现骨灰盒子的盖子已经打开，里边空空如也，哪里有什么生命的灰烬。

那个精美的骨灰盒，再精美也不过是个盒子，终于因为颠簸而打开了盖子，车的窗子和盖子也打开了，很大的风把骨灰吹向了天空，很高很高。那里，爷爷清楚地看到自己和世人，会发现世界上还有好多声音都比镇子里最好的喇叭队强许多，而做这一切的时候，都会有爷爷一直无法忘记的姑娘，爷爷相信他们本应在一起，那么他们就会在一起。

爷爷终于飞向天空。

庄梓也不可避免地撞上了一棵大树。

庄梓当时晕倒了，后来大雨又淋醒了他。庄梓清醒了一会儿，便继续发动引擎，那真是好车，撞树之后只是外形有一些损伤，发动机却无丝毫损伤。

好像庄梓的头在流血，但神智依然清醒，也依然能够开车，庄梓到家的时候，家里边灯火通明，只是安静得

很。

有警察，有陈鱼，有阿含。

面容枯槁的陈鱼，那么小心翼翼地跟在人群之中，看着自己最亲近的人被警察带走。

阿含则一脸无辜。她什么都没做。

第四章　舞不出的今生

如果想要变成一只美丽的蝴蝶，跳美丽的舞蹈，首先要学会作茧自缚，像每一只蝴蝶幼虫一样。

醒来的时候，庄梓已经躺在了医院里，庄梓感到头很疼，摸了摸，包了很厚的白纱。仔细地看了看自己的四肢，还好都在，稍微动一动，也都还算听话。

抬头看四周，一眼看到坐在床头的陈鱼，虽然是坐着，眼睛却闭着，看来是睡着了。

庄梓努力将自己的身体向床的一边靠去，然后伸手拉陈鱼，想让她躺下来睡一会儿，却吵醒了陈鱼。

"你醒啦！"陈鱼看到庄梓醒了，很开心地笑了起来。

"你该睡一会儿了。"

"我不困。"

"我被捕了？"庄梓看到外面有很多的警察。

"我们从来都没有做错事，老天是公平的。"陈鱼安慰庄梓说。

庄梓很开心地笑了笑，只是想给陈鱼一点安慰。

"你还要在这里待一段时间，等开庭之后，我们就可以一起回家了。"陈鱼一副很轻松的样子。

"这里很好你不用担心。相反我倒是很担心你，在那里也许还不如这里。"

"等开庭之后结果出来了就好了，我们一起开始新生

活。新生活不是从太阳再次升起的那一刻开始的，也不是一段生活终结的时候开始的，而是从给自己设定目标的那一天开始的。所以，千万不要放弃。"

"你也是。"

"相信我，一切都会没事的！"陈鱼走的时候笑着说。

这一天，陈鱼笑的次数甚至比之前十九年的时间笑的次数都多，只不过没有一次是为了自己笑的。

庄梓回了一个微笑。也是为了陈鱼笑的。

开庭的前一天，陈鱼找到了老人。

"我想救庄梓。"陈鱼对老人说。

"救了之后呢？"

"我俩一起换一个城市重新开始。"

"我救不了他。"老人叹了口气说。

"我知道你能，在这个城市里无所不能。"陈鱼坚定地说。

"无所不能的不是我，而是经常去看你的那个人，你知道他是谁吗？他就是这个城市的市长。"

"我知道，我在广场的大屏幕上见过他。"

"可是他很久都没有来了。"

"是，因为我求了他。所以他不来了，所以我来求你。"

"我只能告诉你一件事情，一直找 002 学弹琴的女生，是市长的女儿，你去问问 002 愿不愿意帮你？"

"我一定会努力的。"

陈鱼听老人这么说就很开心地笑了起来，她知道老人

肯帮忙一切都会没事的。

但她为了更保险一点，还是去找了002。

在陈鱼离开房间之后，老人拿起电话想要给市长打电话，但拨了一半的电话号码，最终还是停下了。

因为之前他已经求过市长了。

因为庄梓对老人微不足道。

第二天，法庭上。庄梓在开庭三分钟之后就被判刑二十年。

结果宣布的时候，庄梓冷笑着。下面的人都面无表情。

只有陈鱼疯子一般大声讲述着她所知道的事情经过。

但没有人相信，因为无论老人认为她是一个多么有天赋的天才，在众人的眼里她都是一个疯子。

在正常人的世界里，既然疯子伤害一个人可以被忽略不计，那么在疯子想帮助一个人的时候，他的帮助或者不仅仅爱莫能助，甚至会适得其反。

当时老人也在场，他只能深深地把自己的头埋得低一点，再低一点。

陈鱼在允许来探监的第一天就来看望庄梓。

隔着牢房的栏杆。

陈鱼说："送你一件礼物吧！"

庄梓问："什么礼物？"

陈鱼说："过去。我的过去。以后我就是没有过去的人了。你就当那些过去也是你的吧！无聊的时候想想，想想就开心了。"

庄梓笑笑说："好。"

于是两个人闭上眼睛，一起回味着原本属于一个人的过去。

那个整天衣衫不拘小节的小姑娘；那个飞不高的风筝，盆里的鱼，和他们一起沉入水底的时候，河水中流动着金色的光晕。之后，他们就静静地躺在河底，遥看着曾经禁锢过自己的世界，看到自己翩翩少年时傻傻的样子，看到小姑娘的裙裾匆匆摇曳，那是一生最幸福的时光。"

那是陈鱼最后一次来看庄梓。

后来，管家带来消息说，陈鱼疯了。

除了这个消息，管家还带来一个故事，是老人让他转达给庄梓的。

"从前有座山叫金山，金山上有座寺叫金山寺，金山寺里有个小和尚叫玄奘，玄奘有个师父叫法明。法明又老又瞎又聋又跛，玄奘难过地看着师父，师父的脸上却没有痛苦的表情，只有安详的微笑。师父告诉玄奘，自己的肉身，不过是自己住的一处房子，真正的自己是自己的内心，房子破了漏了自己却是完好无损的。

"后来师父要死了，玄奘难过地哭了，师父平静地告诉玄奘，自己的肉身不过是自己住过的一所房子，真正的自己是自己的心，死亡不过是要离开自己的房子了，既然是离开一所又破又旧的房子不应该难过，而应该高兴。

"小和尚抹去眼角的泪水，祈祷着师父能够为自己找到一所好房子。师父说如果没有了自己，要房子也没有用，自己有自己不一定非要有自己的房子。

　卖票的疯人院

"说完老和尚就离开了自己破落不堪的房子，含笑而去。"

老人还说，他每次看到陈鱼都会想到这个老和尚。

而庄梓一想到陈鱼，想到的却是那个水底的故事。正是那样一个故事，让庄梓第一次知道人死了以后都能幸福的生活呢。

那么陈鱼现在仍然有着美丽的幻想，只是属于陈鱼一个人。

或许在陈鱼的脑海里，总会出现剪影般的景像，傍晚，长河落日，彤云不展，小船劈开波纹朝着日落的方向缓缓前行，远处孤岛隐约，近处树影婆娑。儿时那几锹土就可以堵住的小河，早就成了可以泛舟载人的丽水。

想到这里，庄梓面带微笑，满眼泪水。

第五章　老人之死

庄梓入狱了，陈鱼疯了，但这两件事情和死亡相比起来是那么微不足道，痛苦不及死亡，幸福也不及。

那是庄梓入狱一周之后的一个早晨，老人和往常一样，边喝牛奶，边看报纸，当老人打开报纸的时候，牛奶杯轰然落地。

在这个城市最权威的报纸头版头条上，主标题赫然写着六个大字：卖票的疯人院；副标题是，本市第一间人物标本展览馆。

文章原原本本地叙述了老人，这个仍是犯人之身的人，在保外就医的期间，如何一手办起这间卖票的疯人院。

他原是疯人院的院长，其实他才是最大的疯子。

他将没有思想意识的疯子，带到自己的院子中，将他们高价展览出去，简直丧尽天良！

他年轻的时候喜欢制作标本，到年老了居然想到拿人做标本，这简直是世界上最惨无人道的事情。

001 只不过是一个幻想狂，幻想着自己是蚩尤的子孙，幻想自己是在五千年后来复仇的人。

002 不过是一个低等的钢琴技师，弹奏着一

些谁都听不懂的曲子，像巫师一样蛊惑着人心，毒害着善良的人的灵魂，作出罪恶的勾当。

003是最离谱的一个，她原本是普普通通的女洗衣工，喜欢偷穿喜好的衣服，却被他看成了天才，简直是一个天大的笑话。

比天还大的笑话是，在这个城市里，真的就有一些人认为，他的001、002、003真的是天才，而这些人平时都是一副高高在上道貌岸然的样子。

这样一间卖票的疯人院，存在于我们的城市当中，简直是我们的耻辱，我们这里的每一个市民，都有权利去铲除那里所有的人。

老人任由手里的报纸飘落，落到洒在地上的牛奶上，浸湿。似乎牛奶将报纸上的字变得模糊，人们就会看不清楚报纸上的字一样。

老人的手在颤抖，这是他有生以来第一次害怕；当他帮助阿黛安乐死之后，站在法庭上听着法官宣判二十年监禁徒刑时，他都不曾害怕过，这一次他害怕，也并不是因为担心自己遭遇到什么不可预测的后果，而是因为他也在怀疑，是否自己真的做错了。或许真的不该有这样一座疯人院，这里的每一个人，包括他自己都是多余的。

但即便是真的错了，老人对这里的一切还是存在着深深的不舍。毕竟这里包含着他老年之后的全部心血，寄托着他的全部梦想。

于是老人拿起了电话，电话是拨给市长的。

老人的手颤抖得更厉害了，因为电话那端是忙音。

这个时候，老人就已经知道，什么都结束了，他却变得冷静起来。

老人知道，无论什么也无法改变疯人院即将被毁灭的命运了。于是他遣散了疯人院中的所有人，包括001、002、003……

哪来，哪去！

老人是一个好人，好人未必能够帮助别人，却至少不会拖累别人。

一切都安排妥当的时候，老人安静地晒着上午的阳光，看着窗外，看到玫瑰大街的榕树，长椅，隐约又看到一个美丽的姑娘悄然而至，分明就是陈鱼。

陈鱼给老人的晚年带来了很多美丽的色彩。

而这个时候，老人最不敢想到的恰恰就是陈鱼，因为报纸上的报道太详细了，除了疯人院的来龙去脉之外，甚至详细到住在这里的人的作息时间，以及生活习惯，而这个世界上能够这么了解疯人院的人，寥寥无几，其中，最有可能出卖老人的就是陈鱼。

因为老人没有救庄梓。更因为，在发生这件事情后陈鱼疯了。

疯得太巧合，就有了装疯卖傻的意味。不过老人并不愿意对此过多的深究，因为一切都已经于事无补，因为老人对陈鱼和庄梓有愧在心。

灾难总是来得很快！

那个昏昏欲睡的午后，惨白的阳光照在空旷的街上，

所有的人们都躲到了房子里，连警卫们也软弱犹豫地退缩离去，只留下老院长一个人。作为这里的院长，这里就是他的阵地，所以他必须孤独地挺立在奔赴死亡的马路上，惟一令人感到遗憾的是，即将到来的不是土匪，也不是士兵，疯狂而至的是一群热血青年，吉普车在马路上腾起了滚滚尘土。

不等吉普车停稳，穿着鲜艳颜色服装的青年们就飞快地跳下车，将老人团团围住。

看着那些激愤而又尚显稚嫩的面孔，老人再次想起自己年轻时的梦想，向往做一个午夜的急行军。一个很诗意的印象总是无数次地在老人的脑海里重复，漆黑寒冷的夜里，冻僵的脖子上插着一块牌，上面写着"死便埋我"。最终战死沙场，头顶是血红的天空。

遗憾的是老人最后成了一名医生，而且是一个即使发生战争，也要等到战争结束后才能在治愈人们创伤心灵的时候有用的医生，永远不能冲在战火的第一线。现在，老人知道自己实现梦想的时刻将要到了，尽管老人已经不再年轻。或者可以安慰老人，只要心怀梦想，就永远不老。

于是老人真的好像在做一个视死如归的急行军，人一旦视死如归就会变得从容和宽容，所以老人笑了。

还笑着说："我很高兴能够看到，我们的年轻人，依然充满了改造社会的理想和斗志。"这是真心话，但只说了一半，另外一半是："然而我们面对的好像一个太极高手，把我们转得晕头转向，认为好像这个社会已经没有什么值得去反叛了似的。其实，怎么会没有呢？最后，又把

人们的注意力转移到不应该反抗的地方上去，而忽视了应该反抗的东西。"后半句被老人生生咽了下去。

无知的斗志也是斗志，老人不忍心伤害。

青年们显然不想和老人多费口舌，有两个性子急的高个子青年已经上来来推老人了。老人挣扎着，回头，想要再看一眼，那美丽的房子，自己苦心经营的房子，却一下子发现，在两三米远的地方管家跟在他的后面，青年们都没有注意他，但他依然坚定的跟在老人的后面，眼神里透出了慌张，虽然显得不那么勇敢，却绝对忠诚。

最终管家和老人被一起带到车上，吉普车扬长而去，挥洒着青春的嚣张。

老人被青年们带到了偏僻的房间里，白墙，白地面，白屋顶，白炽灯泡，一只木椅放在屋子当中，此外，再没有其他的物件了。

老人一直安详地坐在椅子上，不喝水，不吃东西，不睡觉，不动，不说话。像一尊历尽千年的石像。这是老人能够维护的最后的尊严。

许多坚强的老人，在他们丧失自食其力的能力之后都选择了自杀，因为他们倔强的内心忍受不了自己的无力和软弱。

青年们也不为难他，只是每隔一个小时换一个人，看着老人，不是防止他逃跑而是防止他自尽。

与此同时，隔壁，另外一伙人在询问着老人的管家，询问着关于老人的点点滴滴。

管家的声音很小，甚至有些唯唯诺诺，可很多时候，小的声音不代表是谎言。反之，大的声音也不代表是真实的。

"老院长是一个好人。"管家想用一句话来概括，想来想去却只想到了一个很俗气的"好"字。虽然管家很失望自己没能想出一句更精彩的话来形容老院长精彩的人生。但一个"好"字，也算不薄。

"老院长曾经有一阵子爱吃鱼翅。但是有一天他知道鱼翅是怎么来的之后就再也不吃了。鱼翅就是鲨鱼的鱼鳍，人们把鱼鳍从鲨鱼身上割下来，然后就放手让鲨鱼自生自灭。鲨鱼没了'翅膀'，无法游走，巨大的身体沉到海底，就在海底活活饿死。

"老院长心肠很软。

"年老的时候，老院长得了一种病，需要吃熊的胆汁来治病。但有一天，老院长在报纸上看到，有一些残忍的商人，他们把黑熊锁在笼子里，用一条管子硬生生地插进黑熊的胆囊，直接汲取胆汁。黑熊的胆汁就夜以继日的直接流进管子里。而一些年幼的黑熊，身上从小就经年累月的插着管子，小黑熊就在笼子里长大，而笼子却不变，笼子的铁条就深深地长进肉里去了。

"从此之后无论病重的多么厉害，老院长都不再喝胆汁了。"

……

管家只能唯唯诺诺地讲述自己亲眼看见的关于老人的几件事，然而，尽管老人什么都不瞒他，他几乎看到了老人大半生的一切，他仍旧不了解老人真正的内心，这也许

就是他始终是老人的管家而不是老人的朋友的原因，也许，这就是管家的聪明之处。

管家在讲那些无关紧要的事情时，老人只是闭着眼睛。老人以为自己再也不会说话了，不过半夜里，当一个在老人看来稚气未脱的少年问他这个世界上为什么会有那么多疯子的时候，老人终于开口说话了。仅仅因为这个问题是一个很好的问题。这样一个孩子问出这样的问题，让老人意识到，或许孩子们所做的这一切，真的不仅仅是胡闹，至少他们是在关注着这个世界的。好的初衷，是善良而又宽容的人们愿意原谅一些人和事情的底线。

"许多人疯了，却大多被认为是他们时运不好，被认为是他们咎由自取，却从来没有人认为这一切其实是环境所迫。天生的疯子是容易被治好的，最难治愈的是后天被逼疯的人。"老人的话有些深奥，孩子只能似懂非懂。

"你的理想是什么？"孩子又问。

"你的理想是什么？"老人反问。同样一个问题，两种口气，于是，孩子无法拒绝老人的回答。

"成为一个战士。"孩子很骄傲地说，满脸荡漾着雄心壮志。

"我的也是。"老人笑着说，虽然他们年龄不同，但毕竟有着共同的理想，也算是情投意合。

然而孩子的脸色却变得难看起来，似乎表明老人不配有着和自己一样的理想。他还太小，至少小得还不够懂得，每一个人都有怀有崇高理想的权利。

"那结果呢？"少年保持着礼貌。

是的，最重要的是结果。因为，真正梦想成真的甚至连万分之一都不到。

"我只是历史的过客，不能选择时代，而这样的时代，注定没有世界大战可以经历。所以，我的战争，终究，不过是内心之战。"老人的话更加深奥。像窗外的夜，霜满天涯，雪满山。

"如果你即将死去，这个世界还有什么值得留恋的?"少年的问题也一个比一个深奥。而一个人深奥或者浅薄的问题并不代表他是一个深奥或者浅薄的人。

"一个世界。我心中的世界。与这个世界格格不入的世界，却又与这个世界紧紧地绑在了一起。一个在我脑子里的世界，一个比这个世界更伟大的世界。这个世界是生活中惟一的奇迹。"

老人只说了一半，另外一半被他深深埋在了心里。他还在留恋一个人，这个世界上他惟一的亲人，他的女儿。

"你不可救药。"少年突然冷冷地说。之后再不和老人说话。

老人笑了笑。并没有说话，可看少年的眼神，似乎也在说着那四个字：不可救药。

一个不可救药的人，面对着另一个不可救药的，对的只能有一个。

三天过去了，滴水未进的老人终于昏迷了过去。

如果就这样死去，也不算是一个悲剧性的结束，然而却不如老人真正的死，在三天之后，在之后三天发生的事情，真正的让老人大彻大悟，于是，死则死矣。

老人醒来的时候是傍晚，房间里并没有点灯，是一种熟悉的气味将老人唤醒的，老人知道那是一种自己最熟悉的味道，却仍旧无法想出自己身在何处，直到他看到一张男人的面孔，李森。除了上帝，这世上只有一个人能够救老人，就是李森。

于是，老人知道自己在哪了。疯人院，真正的疯人院。对于普通人来说，监狱和疯人院，或许根本没有什么区别，或者有人更愿意待在监狱里，罪犯和疯子相比，显然，罪犯更接近正常人一点。

然而对老人来说，却不一样，这里是他的地盘，甚至可以说是他的家，他整个人生的三分之二都生活在这里，这里的每一道长廊，每一个窗子，甚至每一个盆花他都是那么的熟悉。

如果老人真的是一个战士，那么这里就是他的战场了，如果战士一定要死，那么最好的归宿似乎真的是战死沙场了。死便埋。

"谢谢你救我。"老人对李森说。

"我只是工具，如同救人的是药，却不必感谢药。"李森淡淡地说。

李森从医学院毕业进疯人院的时候，老人就已经是这里的院长了。老人离开了，李森取代了老人的位置。

虽然两人对外都一致宣称二人是关系非常密切的师徒，然而历史上从来都不会有人能轻而易举地取代别人的位置，也不会有人心甘情愿地愿意被人所取代。

保外就医后的老人，心里偶尔也会蹦出这样的念头，如果没有李森，自己或许还会站在院长的位子上，一直到老，一直到死。尽管老人知道，即便没有李森，他也一样会被某个人所取代，然而，老人依然和大多数人一样，对那个阴差阳错的人怀恨在心。

"那么替我谢谢那个让你救我的人。"老人也淡淡地说。之后他却悠长悠长地叹了一口气。

"一定。"李森说。其实李森是很想和老人亲近的，只是他太了解这个老人了，或许只有他最清楚这个老人是多么难以亲近。

李森离开了老人的房间，之后的两天再也没有来过。

好像老人是最普通不过的一个精神病人，住在一个最普通的房间里，每天都有专门的护士给老人打针，给老人送来食物，帮助老人大小便。

幸好老人还有选择的力气。老人刚刚成人的时候就已经懂得，人可以选择放弃，却不可以放弃选择。

于是老人选择了死亡。

为了生命的尊严和自我的权利！所以，老人能够在选择死亡之后，释怀地笑了。

当一个人能够对死亡完全释怀的时候，似乎他真的该离开了。

于是老人再次地选择了滴水不进，和上次相同的方式，不同的是上次是赌气，这次是心甘情愿。

无论护士怎么劝老人都无济于事，有生以来，老人最骄傲的一件事情，就是当老人下定决心做某一件事的时候，老人都做到了。

与最爱的人结婚。

疯人院终于成了真正收留疯人的地方。

终于建成了世界上惟一的一座卖票的疯人院。

后来，爱人死了，但留下了老人整个人生中最美丽的一段回忆，和一个美丽女儿；一手提拔起来的人最终却取代了自己的位置，但疯人院没有变，依然是属于疯人的院落；最后，那卖票的疯人院也人去楼空，可终究是，有建成才有毁灭。

从一出生，人们都喜欢准备好了去做某件事情，可许多事情都在人们还没有准备好的时候不期而遇，老人也一样，一生都在赶，一生都在拼，人挡杀人，佛挡杀佛。可老人万万没有想到，他人生的最后一件事情，他最希望能够不期而遇降临的事情，却让他有足够的时间准备，享受。

或许，人生真的就是一场玩笑。

第三天，老人醒来的时候发现自己身边睡着一个很旧的毛绒熊，粉红的颜色已经褪去了，绒绒也已经斑驳，但就是这样一个小熊让老人感到无尽的温暖和感慨，让他泪流满面。

抱着小熊，越来越无力，老人明显地感觉到自己生命的渐渐衰竭，老人知道自己将无法挨过这一天。

于是，老人把李森叫到自己的床边。

"我一直想问你一件事，关于一个人……"

李森一听到老人这句话时，眼里马上闪烁着兴奋的光，他一直等老人问自己这个问题，关于那个人，毛绒熊的主人。

"那个整日犯瞌睡的男孩儿后来怎么样了?"老人满脸惭愧地说,李森也一脸的失望。

老人问的是一个叫淳宇的少年,老人入狱那年,淳宇刚刚十七岁,却已经在这里住了两年,淳宇的病状很奇怪,他嗜睡如命。而且随时随地都可以睡着,一旦他眼神迷离,面目肌肉微微抽动,手指颤抖,三秒钟之后就会立即睡着,无论是站着,坐着,走路还是奔跑,无论是在田野上,椅子上,还是在马桶上。嗜睡不是最要命的,因为在他睡着的时候是快乐的,他睡着的时候会梦到红色的尖顶木屋,金黄色的麦田,清静的天空,快速滑过的浮云,这是他惟一能够记住的,属于他的快乐的童年。最要命的是嗜睡导致了他记忆混乱。记忆混乱成为致命的悲剧是因为,他一直很想执着地爱着一个人,守护一份友情,坚定一些信念。但遗忘总是从冥冥之中慢慢升起,淹没了记忆——生命的根据地。

"你等等。"李森说完,转身出去。

不大一会儿,李森用轮椅推进来一个年轻人,年轻人一直闭着眼睛,嘴角上翘,面带微笑。

"我帮您叫醒他吧!"李森边说边轻轻地拍着淳宇的脸蛋。

老人摇摇手,阻止了李森。并示意李森把淳宇推到他跟前。

于是李森把淳宇推到了老人的床边。

二十年过去了,老人已经奄奄一息了,而淳宇看上去

不过由少年变成了青年，或许，再过二十年当李森奄奄一息的时候，淳宇将还是这副模样。

人在睡着的时候是不会衰老的吧！

"他现在已经不再痛苦了，因为在他睡梦中的另一个世界充满了温暖和幸福。"

"是啊。这个院子里有好多人都有着自己的幸福，所谓的痛苦都是周围人的一厢情愿罢了。"老人感慨地说。

"把他送回去吧！别吵了他的美梦。"老人说。

于是李森把淳宇又推了回去。

就在淳宇离开房间的刹那，他突然醒了过来，扭头对老人说："你千万别再睡觉了，不要学我，我睡得再多都能醒过来，而你一旦睡着了，就再也醒不过来了。"

淳宇说完，脖子一歪，再次进入了梦乡。剩下老人和李森两个人，目瞪口呆。

李森把淳宇送回去之后又回到了老人的房间。

整个房子都陷入死一般的寂静，除了似乎从地狱的某个角落传过来的几声鬼哭狼嚎和邪恶的笑声。

"其实，其实我一直想问你，关于我的女儿，白菱。"倔强的老人最终还是问了，除了对女儿的思念和挂念之外，似乎最主要的原因是，老人的生命已经坚持不了多长时间了。

"你终于问到我了。"窗子外边传来一个中年女子的声音。

紧接着走进房屋一个一袭白裙的美丽中年女子，老人眼睛一惊，以为看到自己死去的妻子，但理智告诉他，这

就是她那个聪明美丽的女儿，只不过岁月不饶人。

白菱走到老人的床前，轻轻地坐下，又轻轻地把老人的脑袋放在自己的大腿上。

"你终于问到我了。"白菱重复着刚刚那句话，泪水满面。

老人也激动得一句话也说不出来，只是眼睛潮潮的，弥漫着浑浊的泪，深陷的瞳孔里满是泪水。

"不哭，您一直不哭，在我的记忆中就一直是最坚强的父亲。"白菱哽咽地说。

这个时候李森已经悄然退出了房间，但他并没有走远，就站在走廊里一根接着一根抽烟，随时等着白菱的召唤。他知道房间里，是父亲和女儿的对话，是一个男人和一个女人的对话。没有人愿意做一个多余的人。

白菱用手轻轻地将老人的泪，抹干。

老人突然精神百倍地坐了起来，将女儿搂在自己的怀里，一切都好像是回到了二十年前，或者三十年前，爸爸和女儿，温馨而又幸福的家。只不过两人都清楚。那时的幸福是确切实在的，而现在，再用力地搂抱都不过是垂死之前短暂的回光返照，转瞬即逝。

短暂重逢的喜悦，和即将离去的悲伤，随即又被平静所取代。老人一生都是一个再理智不过的人。而女儿和爸爸一样。

"这些年你一直在暗中看着我。"老人用感激的口吻问女儿，并且在热切期盼着一个肯定的回答。每一个人都会希望有很多人在默默地关心着自己，那是一种温暖，用

来抵抗人情冷漠。

女儿平静地说："中国人喜欢说有缘分必能相见，其实许多人的相遇并非是因为有缘，而是因为有孽。我在这里无事的时候喜欢看佛经，佛经里说，一个人投胎做另外一个人的儿女，有缘就是报恩，有孽就是报仇，却没说像我们两个这种虽为父女却一辈子没什么瓜葛的之间有哪样的纠缠，所以，一切就都算了吧。投胎偶尔也会错，根本不讲什么道理。"

"你还在记恨我？"老人真诚地满怀悔恨地说。

"其实根本就谈不上什么记恨。我的前二十年你控制着我的命运，你的后二十年我控制你的命运，总算打个平手，互不相欠。"

老人震惊地瞪大了眼睛，一辈子，最让他骄傲的就是，无论遇到什么困难，无论发生什么事情，他都始终坚持自己把握自己的命运，从不放弃。而这一辈子的骄傲，却被眼前这个最亲近的陌生人，无情地击得粉碎。

"无论怎样，趁我还清醒，让我知道发生的一切吧！"老人脸色惨白地靠着洁白的墙壁。惨白不仅仅因为虚弱，更因为恐惧。一种面对敌人和死亡都不曾有过的恐惧。

这世界上，真正的恐惧不是面对强大的敌人，也不是面对死亡，而是来自内心的恐慌。

"首先，请相信我，我告诉你这些事情，不是为了炫耀，更不是为了打击你本就脆弱的身体、摧毁你饱受创伤却一直坚持的心灵，而是因为你有权利知道事情的真相，尽管有一些残酷，但真相就是真相。或许一切并非是你想像的那副模样，但那就是人生的本来面目。"

老人和女儿，真的像是结着无法解开仇恨的两个武士，一定要拼个你死我活，尽管两个人都心怀悲伤，因为两个人都彼此深深爱着对方。但一切都要等到至少一个人的死去才能了结。

而之后，死了的一了白了，活着的寂寞孤苦，最终还是不能分出个高下强弱，是非曲直。这是宿命，谁也拗不过。

"说吧！趁我还清醒。"老人一遍又一遍地强调着，"趁我还清醒。"那是一种对死亡的无奈，更是一种对生命的不舍。

老人又活了一个小时又二十三分钟。但这是老人活得最长的一个小时又二十三分钟。因为在这一个小时又二十三分钟的时间里，老人又活过了二十年。

而且，因为苦难，这二十年显得更加漫长。因为这苦难不仅仅来自于老人，更来自于，他一直爱着却不知道如何去爱，甚至一辈子都没给过她幸福的女儿，白菱。

白菱已经近四十岁了，她尽量轻声慢语，漫不经心地揭开那些尘封在记忆深处的疤，而就当白菱以为揭开那些疤会很疼时，白菱却体会到了一种无法言说的幸福。因为久远，记忆通过这种障眼法与她开了一个玩笑。

因为久未触及，所以人们总是记得记忆应该的模样，而并非实际的模样。

然而无论记忆是忧伤的，抑或幸福的，都不会扰乱记忆的真相。

　　"我们都知道你随时都会死去，所以我先说战争的开始和结束，这样无论你在故事的一半还是三分之二处死去，也都会清楚故事的全部，不会没头没脑，糊里糊涂。"一谈到两个人的战争，白菱的嗓音一下子变得如金属般冷若冰霜。但在老人听来，似乎还是那个可爱的女儿，永远，永远都没有长大。

　　在人们的记忆中，总是有一些在人生的某一阶段扮演重要角色的人，这样的人，即使美丽的变成丑陋的，高贵的变成卑下的，年幼的变成老去的，在我们的记忆中依然有那么一个人永远活在记忆中，一如既往地扮演着他该扮演的角色。而他之后变成的人，却似乎与记忆中的那个人无关。即使真的有关，人们也都愿意自欺欺人，告诉自己，世界上的一切真的是可以割裂开来看的，所有美好的东西真的是与那些卑劣的东西无所关联的。

　　"故事的开始是，你将我带来到这个世界上，在你的房子里，在那个房子里你是绝对的王者，而我虚弱的连一点还击的力量都没有，于是第一场战役，你毫无争议的赢了，完胜。

　　"故事的结尾要从这个房间说起，你还记得吗？是你把我关到这个房间里，我离开之后这个房间就再也没有人住过，直到你来了，现在是你虚弱无比，奄奄一息，随时都会奔赴死亡，所以，尽管我有些胜之不武，但你仍是完败，所以，最终我们打了一个平手。谁也不用抱怨，谁也不会委屈，你心安理得地走，我以敌人的身份在这里同你讲话，以女儿的身份在这里送你。"

老人自始才明白，女儿大半生的精力都耗费在了同自己的一场莫须有的战争上。这是老人万万没有想到的。而现在，老人知道真相的时候，一切都已经太迟了。

　　好像两个自以为有很大仇恨的武士，他们终其一生都在拼命地想要杀死对手，最终拼得个两败俱伤。而更有悲剧色彩和讽刺意味的是，他们在死之前的最后一刻，知道了他们的仇恨，不过是两三颗红豆，四五个芋头。

　　其实，这样的真相虽然残忍，却也并非没有好处，至少可以让将死的人，懂得人生不过是一场微不足道的玩笑，完全可以不那么认真，进而也会连同死亡一起释怀。微笑着奔赴谁也说不清楚究竟有没有天堂或者地狱的地方。

　　"或许你已经忘记了这个房间，可我却一辈子都无法忘记，因为这是一次预料之外的事情，即便聪明如我，即便有一个疯人院院长的爸爸，我又怎会想到自己有朝一日会到这里来呢？

　　"但生活总是给着我们这样那样的惊喜，或者应该叫做惊艳。

　　"当时我住的就是这间屋子，所以当二十年后的现在，当住在屋子里的人变成了奄奄一息的你时，除了宿命，我什么也感受不到。

　　"其实在最初一段日子，我并没有仇恨，也没有悲伤，而是像您当初想的一样，把这个地方当成一个适合安静的地方，我每天就安静地待在这里，安静地吃饭，安静地睡觉，安静地听着走廊里的人吵吵闹闹，自己却不哭也

不闹。

"仇恨来源于那个狂欢节，所有的人都在狂欢，全世界的人都在跳舞，我能听到全世界的人一起跳舞几十亿双脚一起跺地的声音，那是欢乐的跳跃，我还能听到全世界的人一起唱歌，除了这里，只有这里的人不知道整个世界发生了什么，只有这里的人忘记了尽情欢乐。一向敬业的你，也忘记了他们，我不怪你忘记了他们，我只怪你忘记了我。

"因为我一直以为，即便我和他们一样住在这里，我也是和他们不一样的。

"直到那个狂欢节，我才知道，在你的心里，我和他们是一样的，认识我们的人都以为你有一个疯的女儿，所以，渐渐，渐渐，我也只能把自己看成和他们是一样的，所以，我就不断地给你制造麻烦。

"令人欣慰的是，上天并没有抛弃我，因为，当我想全心全意地给你制造麻烦时，上天便派下来最聪明的天使来帮助我了。

"还是就在那个狂欢节的夜里，当午夜的烟花渐渐亮起又渐渐散去的时候，我用拳头，砸破了那个天窗。因为，在我透过天窗看到整个世界曲终人散的时候，突然有了自杀的念头，在那样的夜晚一个人在这样的房间里会让人感到生活的薄情寡义。

"鲜血悄无声息地流，如果一个人命不该死，那么在她临近死亡的时候，就总会有奇迹出现。我的奇迹是一个男人，你猜到了，就是李森。

"在那样绝望的际遇里，相爱是不可避免的事情。

"就这样，又过了一年，就在这间小屋子里，我们有了自己的一个小女儿，因为没有阳光她脸色发白，皮肤几乎是透明的，汗毛清晰地印在上面。有了女儿，我便不能住在这里了。无论我是有多么喜欢住在这里。

"因为我不能让她看不到阳光，不能让她只以为，整个世界都是床单的灰和墙壁的惨白；不能让她只以为，世界只有我一个人，和全世界的人都会像我一样对她一辈子都好。

"令人遗憾的是，两年了，你一直都没有想起我。

"李森说：他可以抛弃这里的一切带我们母女俩一起走。

"如果你是一个女人，当一个男人愿意抛弃一切和你远走高飞的时候，你会幸福的感恩戴德。遗憾的是，你不是女人，所以你不懂我的幸福。

"我想你是把我忘记了，因为只要我想，我可以随时逃出这间屋子，或者你并没有把我忘了，你只是在给我逃走的机会，好像我们是深埋仇恨的两个武士，你武功高深莫测，而我百无一用。于是你想用另外一种方法给我一个生的机会。

"但你忘记了，在一个死掉之前，比武永远都没有结束，还有，就是你尽可以杀死我，却不可以吓跑我。所以我选择了战斗。

"于是我对李森说，该离开的不是我们而是你。

"阿黛是一个让人无法抗拒的女孩儿，男人由于无法

抗拒她的诱惑而做错事，是应该被原谅的。

"你一定以为李森对你的背叛，是因为对女孩儿执着的爱。而事实根本不是那个样子的。

"或许他们之间是有一点点暧昧的，谁又知道呢？顺眼的男人和美丽的女人之间都是或多或少，有那么一点暧昧吧。

"在阿黛死之前的半年，她一直在求李森，能让她毫无痛苦地死去，对于一个整个人生都沉浸在无尽的痛苦中的美丽女孩儿，安静地死去，似乎成了最大的奢望。

"李森一直在拒绝着，因为他在等待奇迹，等待阿黛的病情好转。但半年之后李森彻底地打消了这个念头，因为他是个医生，医生比病人更理智地知道，在医学上，有一种病，叫做不可救药。而且从来不会发生奇迹。

"一切都是那么巧，恰好有阿黛这个人，恰好她患有这样的病，恰好她有别人无法抗拒的魅力，一切都好像在和你作对。于是，李森安排了你们的那次相聚。

"你很理智地留下了针管，而没有帮她注射。而她若是有自杀的勇气，也不会来求你。所以，我成了最终帮助她的人，当我把针头扎进她的动脉，慢慢推进的时候，我们的脸离得很近，我们都在微笑，最后微笑僵硬在她的脸上，从她那依然明亮的眼睛里，我能看到天堂。

"不用着急，一会儿你也会看到。"

白菱说完动人地笑了起来。如天使般明亮的笑。居然没有一丝邪恶。

"不知道你是否体验过那种感觉，就是在失去一个休

戚与共的敌人之后，会有一种深深的孤独。于是我拼命的地把你从监狱里救出来，并且终于在第十五个年头成功了。

"不知道你小时候是否玩过那种游戏，将积木堆成美丽的模型，然后再毁灭，于是能够在最深的绝望中看到令人窒息的美丽。或许你已经忘记了你的童年，不过那也不是什么难为情的事情，毕竟那是五六十年前的事情，太遥远了，好像白垩纪。

"不过几年前的事情你总还记得吧！

"在很多年前，有一个陌生人去监狱看你，给你带去一本《莫扎特传》，于是那样一本书引导着你，建立那独一无二的疯人院。"

"你为此欣喜若狂。"

"可即使聪明如你也一定没有想到，送书给你的人居然是我，我知道那本书一定会引导着你，想到这样的想法，一切都在我的预料之中，我惟一没有想到的是，这样一个想法你居然想了那么久。

"那真是一个美丽的疯人院，在最美丽的街道上，最美丽的房子，里边住着最有智慧和最美丽的人。然而，遗憾的是，所有的美丽都不可避免地会渐渐褪色。惟一的方法，就是在最美丽的时刻让一切戛然而止。

"好像你若不见我，我在你的记忆里永远是你天真烂漫的女儿。

"我若不见你，你在我的记忆中又怎么会有这样苍老无力的印象。

　　"一个人的成功可以通过各个不同的方式，比如勤奋、天分、机遇、莫名其妙。而失败的原因却都大致相同，比如你的人生，两次摧毁灭你的都不是在你的生命中占有重要部分的，不可或缺的女人，而是两个可有可无的女人。

　　"第一个是阿黛，第二个是陈鱼。几乎一样的年纪，一样的美丽，一样的性格，一样的无法拒绝，一样的在同一个地方打败了你。

　　"好像很小的时候，小到我还没有上小学，每天早上你都会带我到玫瑰大街上去散步，每次我都会被我家大门外的一个小坑扭到脚，每次都不严重，却又每次都不可避免。昨天，我又回去过一次，那个小坑还在，而我依然没有避开。

　　"这个世界上有许多事情我都搞不懂，你呢？是否人的一生真的像在操场上跑圈，总是在一个地方摔倒，总是在累到再也站不起来的时候终止。"

　　老人颓然地靠着墙，面无血色，呆若木鸡。

　　一个木偶，很骄傲地做着各种不属于它的动作，念着不属于它的台词，展示着不属于它的天赋。

　　如果木偶一直到支离破碎都不知道，自己只是个演员，在演着别人的戏，那么他就会一直快乐着。

　　现在要命的是，老人偏偏在他将死之前知道了，连重新来一遍的机会都没有了。

　　演员扮演各式各样的角色并不可怕，可怕的是，演员不知道自己是在演戏，不知道自己被剧情操纵着，以为剧情就是自己的人生。

"这下你懂得了人生什么是最宝贵的了吗？知道为什么我从小就一直在和你战斗吗？"白菱温柔委婉地问老人。好像一个耐心的老师，在给一个笨学生讲解一道似乎用尽一生时间都无法搞清楚的难题。

老人还是那副表情，只是手里攥着那个小熊越来越紧。大有把那小熊掐死的架势。

"告诉你，记住了，现在知道还不晚。"

"很简单的三个字，做自己。"

多简单的三个字，现在知道晚了吗？当然还不晚，因为老人终究在临死之前听到了。

听到这三个字之后，老人的表情开始变得慈祥起来，紧张的神情终于渐渐松弛下来，抓着小熊的手也终于渐渐地温柔起来，温柔，再温柔，直到小熊滚落。

老人一辈子最漫长的一个小时又二十三分钟终于结束了。因为，在这短暂的一小时又二十三分钟的时间里，老人又完完整整地把自己的最后二十年，重新走过一遍。

一直到死，老院长终于明白了，女儿的离开，是因为他想要把女儿也制作成他想像中女儿样子的标本。

老人不相信佛主，却相信天堂，相信幸福。

幸亏女儿离开了，女儿才能活出自己的模样，想到这里，老院长第一次像父亲一样慈祥地笑了！

老人死了。老人之死，并没为这大地增加或减少什么，虽然他的墓碑有碍观瞻，虽然他的房子构成污染，虽然他的精神沙砾暗中影响着那庞大机器的正常运转。

　　老人走了，在其步履蹒跚的步伐里，在其娇弱憔悴的背景里，我们能够看看的只有，无力。生活是无力的，爱情是无力的，获得是无力的，失去也是无力的。

　　好在，无力的最坏结果，无非就是尘归尘，土归土。

　　老人死了，白菱却并不害怕，她反倒把渐渐僵硬的老人，温柔地放在自己的怀抱里。

　　"你走了？你不愿意听了？可是我还没有说完。

　　"你知道吗？我从来没有怪过你，并且还十分理解你。

　　"因为我和我的女儿的战争也已经开始了。她爱穿各式各样的衣服，总是有稀奇古怪的想法，而我希望她能够像仙女一样的生活，美丽，聪明。于是她像个仙女一样下了凡间……

　　"我知道战争还要继续下去，直到一个人的终结，尽管我知道，失败的永远是父母一方……"

　　白菱一直不哭。所以，李森一直在长廊里抽着烟。

　　生命如同故事，重要的不是它有多长，而是它有多好。而老人的故事可谓是又长又好，所以，真的没有什么可哭泣的。

第五部分 最 后

所有的事情到了最后，可怕的都不是结果，而是真相。
而比现实的真相更可怕的是，没有面对真相的勇气。

第一章　从零开始，从零结束

半年之后，庞贝城中最好的音乐学院出了一件大事，这个学校里最好的钢琴教师把市长的女儿给玷污了。

这个人就是002。

当时老人最开始想要办一个卖票的疯人院，开始到处寻找天才时，听说在很远的一个城市里，有一个性格孤僻却极有天分的钢琴师，可当老人千里迢迢找到钢琴师的时候，钢琴师却因为故意伤人即将被监禁起来，老人通过自己的同学——那个城市疯人院的院长，开了一份证明，证明002确实是一个精神病患者。这其实不是蓄意捏造的，而是事实，002是疯人院中仅有的三个天才中，惟一一个真正的疯子。

002的疯狂来自于他弹出的钢琴曲对自己的影响。比如他弹奏关于战争的悲壮的曲目时，自己就会变成一个威风凛凛的将军，或者永不退缩的士兵；而当他弹奏委婉动听的曲目时，自己又变成了一个才气十足的书生，或者温文尔雅的女子。弹奏激动时暴躁的像个屠夫；轻柔时又静若处子。

事实上，这一切都源于002的琴声太有震撼力，太有蛊惑力，不仅仅是002自己受自己的琴声影响，听琴的人也常常会受其影响，作出意想不到的事情。

在离开疯人院之后，002一直在一家小酒馆里弹琴，

在那个酒馆里喝酒的、听琴的人，只是能听出002弹琴弹得真的很好，可具体好在哪里，好到什么程度，却没有人清楚。

直到有一天晚上，音乐学院钢琴专业的一个学生来这间小酒馆想要谋求一份职业的时候，听到了002的演奏。目瞪口呆之余，他总算明白了在这个世界上，什么才算是真正的演奏，什么才叫做音乐。

那个学生如醉如痴地听了一个晚上之后，回到家里，一向十分骄傲的自己，一直望着自己的那一双手，十指并不粗大，并且显得几分修长，可惜的是这样一双素手，却演奏不成任何乐器，或者演奏出的与002的相比，简直就是噪音，真是徒有其表。

于是，第二天，与那个学生一个班级的同学全都来了，挤满了整个酒吧。

第二天，来的人将这个酒馆围了个水泄不通。几乎整个学校的学生都拥堵在这里，等待着聆听天籁之音。

第三天，音乐学院的校长来了。从此，002再也没有出现在那间小酒馆里，而是出现在课堂上。成为了学生最尊敬和崇拜的老师。

直到有一天，那个在疯人院里迷恋002的那个十七岁女孩儿也来到了这里。

当他们面面相对的时候，002的眼神里充满了仇恨。

他在关心着老人——当他要坐牢，几乎一辈子再也无法弹琴的时候，是老人把他带到了这个城市；他也在关心着卖票疯人院，他十分地清楚自己在疯人院中扮演的是一

个什么样的角色，然而那却是他一生中居住过的最开心的地方，那里就像一个天堂，除了弹琴，其余的什么都不用考虑。他也关心着001、003，还有那个叫庄梓的安静男孩儿，他们在卖票的疯人院中相濡以沫。

后来，疯人院没有了，曾经的故人也都下落不明。

尽管002知道自己的仇恨对一个十七岁的女孩儿是不公平的，但他还是无法抑制将自己的仇恨'爱屋及乌！'

谁让这个十七岁的女孩儿，是市长的女儿，是那个整天来疯人院找陈鱼，却对陈鱼的请求无动于衷的黑衣男人的女儿。

"我尽力了。"女孩儿无奈地说，002一直不说话。

当两个战友在战场上厮杀，一个死掉了，一个回来了，而回来的人满脸无辜地说，自己已经尽力了是苍白无力的。事实清楚地摆明了，活着回来的人尽的力还不够。

002不是一个宽容大度的人，所以他不会原谅女孩儿，因为他清楚，女孩儿并不是和他在一个战壕里厮杀的战友，最多只是一个隔岸观火的人。

"我一直在找你。"女孩儿继续说着，眼角有明亮的眼泪滚落。

002不再说话，他熟练地掀开琴盖，熟悉地试了每一个键子的音准。然后弹奏那曲，他早已下定决心一辈子都不再弹奏的曲子。

或许002并不曾真的怪罪女孩儿，他只是仇恨女孩儿的父亲，而他所做的一切都是为了对女孩儿父亲的复仇。

谁都无法避免的残酷事实是：有复仇就有战争，有战

争就有牺牲，有牺牲就有冤魂。

002 沉默地开始了自己的演奏，琴声好像一个妖艳的女子，媚眼如丝，极尽蛊惑，所有的人都完全地屈服于她的万种风情，甚至连女人都避之不及。

于是那个十七岁的女孩儿，那个很纯洁的女孩儿，她听到琴声之后，面色开始变得潮红，随即身体开始随着琴声舞动，慢慢地褪去自己的衣衫。

"我真的爱你，我能听到你在说你想要，我也想。"小女孩儿呢喃着，在钢琴的遮蔽下，忍不住跪在 002 的面前。

音乐学院的院长，是一个饱经沧桑的老者，他一听到琴声，先是和所有听到琴声的男人女人一样，春情萌动。但他很快就觉察出了事情的诡异之处，马上赶到 002 的琴房。

一切正在发生，一切都无法制止。

不是无法制止 002，而是无法制止那个纯洁的女孩儿。

最终，002 不可避免地被送到了监狱。老人并未改变他什么，除了一些记忆。

第二章　以前，以后

以前，他一直在讲同一个故事……

以后，他并没有停下来……

一年之后，在大街每天都有人唠唠叨叨、断断续续地讲述着一个关于蚩尤的故事。

五千年前，中国。

涿鹿之战——中国传说中最惨烈的一场战争：挑起战争的是一个叫蚩尤的巨人，铁头铜身，刀枪不入，呼风唤雨；更为可怕的是，蚩尤还有八十一个兄弟，个个都是能说人话的野兽，铜头铁臂，凶残暴力。

这一次，无恶不作的恶魔被打败了；至于是否因为被打败了才被传说成无恶不作的恶魔，已经没有人替他们争辩了。与被打败相比，名声显得太微不足道了。

打败蚩尤的人叫黄帝，因为这场胜利，黄帝被纪念为华夏民族的祖先。

嘘！是打败而不是消灭！

黄帝在女娲的帮助下，在不周山将蚩尤斩首，并将蚩尤的八十一个兄弟，以及蚩尤部落的族人，驱赶到 X 空间，之后封锁。一起被监禁的还有神话中才有的上古神兽，凤凰、翼龙、旋龟、麒麟，因为他们在蚩尤和黄帝的战争中，站在了蚩尤一方。

女娲在封锁空间之前。

黄帝问女娲："他们会不会逃出来？"

女娲说："除非再一次开天辟地。"

诅咒响起的刹那，蚩尤的八十一个兄弟和无数的族人一同叫喊："这不公平。"无数的上古神兽也在一起大声地哀号。

"好吧！五千年之后你们可以选一个人出来。"

空间刹那之间被封闭，没有门，没有路，没有锁也没有咒语，只是不知道方向在哪里。

最可怕的回归不是远隔千山万水，而是不知道方向的回归。

女娲和黄帝联手封杀了一群魔鬼，一群恶兽，封杀了邪恶，同时也封杀了长生不老——由蚩尤族掌管的一门神术。

战争结束后不久，黄帝死去；女娲和一群我们只在传说中才听到的名字，一同下落不明。

所有的战争都不是无缘无故、无中生有的，和宿怨相比，导火索只是无辜而又可怜的借口。

黄帝和蚩尤也一样，将原因向前推，再向前推，一直可以推到很久很久以前，那个时候，既没有蚩尤，也没有黄帝，甚至连他们的祖先也没有。

那个时候也没有战争，后来发生了中原大地上最重要的一件事情——一个新鲜事物诞生了，后来在几千年里，他们成了中原大地的主宰，这件事情就是女娲造人。

传说中说，女娲用坚强、勇气、隐忍、贤良、智慧和好的黄土捏造了许多栩栩如生的小人，吹了一口仙气，一

群小人就诞生了，他们一诞生就甜言蜜语、可爱至极地围绕在女娲身边，他们就是黄帝的祖先。

后来，女娲变得疲惫不堪胡乱地将至善至美、至信至诚、至疯至狂和在黄土中，然后用柳条甩出形状各异的生物，它们并没有像乖巧的人类那样围着女娲叫妈妈，而是飞快地四处散去，很快就消失在茂密的森林之中了。快得女娲连它们的模样都还没来得及看清楚。

"我很可怕吗?"女娲问一个模样俊俏的男人。

后来这个模样俊俏的男人有了儿子，儿子又生了儿子，起名叫黄帝。

开天辟地需要一个巨人，和一把斧头。

上一次，巨人叫做盘古。巨人在开天辟地的刹那就已经作古，从此，再也没有人知道那把斧头的下落。

二〇一〇年，考古学家梁羽带着自己的学生马圭和田小禾，四年中第十三次来到不周山峡谷。

"第十三次了，连村口的老黄狗见到我们都不叫了。"马圭说。

不周山峡谷的入口，一定要经过一个不知名的小村子，第一次来的时候，村口的大黄狗和马圭一样的兴奋，马圭说个不停，大黄狗吠个不停。

那个时候马圭刚刚二十三岁，读研一。四年过了，马圭勉强还可以用"年轻"两个字来形容，大黄狗却已经真的老了。

田小禾是梁羽惟一的女儿，起名的时候随妈妈的姓，十八岁，读大一。这是她第一次来这里，只是旅游和给妈

妈扫墓。

十八年前，梁羽和田小禾的妈妈来到这里。

从山谷上向下看，有一个斧子形状的湖泊，整齐，碧绿。

在峡谷的最深处，有一个上古岩洞，一直到现在人们依然口口相传，里边住着女娲娘娘，一个漂亮而又有些任性的女神。

女神无所不知，不过有时候却不愿意说，这和是否诚心，和祭品的丰盛程度没有关系。

蚩尤的第三个兄弟，蚩尤八十一个兄弟中惟一的一个人类。

他成了那个五千年之后能够回家的幸运儿，蚩尤另外八十一个兄弟争论了三天三夜得出了这个结果。

被放逐了五千年之后，只有一个人可以回家，每一个人都想成为这个宠儿，遗憾的是宠儿只有一个，或者说，五千年才会出一个。

争论开始的时候是沉寂，谁都想回去，谁都不想成为第一个——第一个成为众矢之的。

最后，八十一个兄弟的大哥，一个精悍的老头儿，让大家提出解决方式。

最终大家比较赞同的解决方式有两个：投票和决斗。

投票的结果只有一个，老大。

决斗的结果也只有一个，活下来的那个。

做老大和做兄弟最大的区别，就是老大不能什么都与兄弟讲。

老大却以为最好把自己换成了阿三。

"找到女娲或者找到那把斧子。"老大对阿三说。

"然后呢?"阿三问。

"总之不要回来!"老大说。

"我不懂!"阿三说。

"你那么聪明怎么会不懂,只不过你害怕自己做不到。"

"那么我姐姐呢?"阿三担心地问。

"我答应照应你姐姐一百天。"

"你一定要逼着我出去,找到解救的方法,带这里所有人一起出去?"

"我就说你是聪明人。"老大涩涩地笑着说。

"可是我们这么多人在这里一起被囚禁了五千年都无法找到出去的办法,却只要我出去一百天的时间就做到?"

"因为锁头和钥匙都在那个世界。"

"好吧!不过要答应我两件事情。"阿三郑重地说,"如果,如果真的能出去,请不要复仇。"

"没有谁能够比我们更能体会和了解一场战争。"老大又问,"还有一件呢?"

"再见我姐姐一面。"

老大点头示意,姐弟两人相见

"许多时候是命运选择了你,而不是你选择了命运。"姐姐冷冰冰地说。

"我们会见面的。"

"该说再见了。"老大说。

姐姐和弟弟拥抱在了一起。

"再见，亲爱的弟弟，希望我们永远都不要再见面了。"姐姐在耳边轻声说。

卷入战争的绝大多数人都是无辜的，身首异处的将军，背井离乡的士兵，只有导致战争发生的人，所有的惩罚才是罪有应得，姐姐就是这个人。

姐姐说："战争中既没有无辜的人，也没有可怜的人，甚至连胜利者和失败者也没有，真正只是一个激情燃烧的过程，没有战争的年代才是可怜的。"

流芳百世或者臭名昭著。战争总是比和平更能在历史上留下更多的名字。

对于一个武士，没有什么结束的方式，比战死在战场上更好了。

蚩尤本来有机会逃走的，但他还是留了下来。

像男人一样死去还是像女人一样活着，这个选择似乎并不难。

人往往都是在将死的时候才会发现，自己还有许多心愿没有完成。

女娲就更是这样了，因为她从未想到过自己会死掉，她是一个很有计划的人，许多事情都被安排在了一千年或者一万年之后。

比如：阿三要出来的时候是在五千年之后。

女娲死亡的原因有很多，最主要的有两个：

人类抛弃了她，因为她的喋喋不休，因为人类最大的

敌人蚩尤已经被打败了。

还有一个就是女娲厌倦了人类，厌倦了人类的出尔反尔、道貌岸然。

然而主要的原因却不一定是最关键的，所有最关键的原因，都是，不得不。女娲也一样，她将不得不死去。

在异乡却不能回归，也许有一点像热恋一个人却不能与之接吻。

"你们为什么一定要回来呢？"

"因为，这里也是我们的故乡。""至少曾经是。"

没有一种爱情可以持续五千年，仇恨却能。

作为一个武士，五千年后可以忘记自己的名字和爱人的名字，却无法忘记敌人是谁，和敌人的致命之处在哪里。

结局：有一些故事，就连主人公自己都觉得已经结束了，而事实上它却刚刚开始。

尽管也会心存恐惧，但男人绝对不会拒绝战争，因为所有的男人都有一个英雄梦，而只有战争中才会产生英雄。

总有那么一种人，一辈子就靠一个故事活着；或者说，一辈子就是为了讲述或者演绎一段故事。

这个人就是001。

只不过很少有人知道，他就是那间著名的卖票的疯人院中，仅有的三个天才的其中之一。

老人已经死了。断然再不会从他嘴中说出。

001还活着，但他除了这个关于蚩尤回归的故事，似

乎什么也不知道。甚至不记得自己的过去——做天才的最大本钱。

在疯人院中听过001讲故事的那些大人物也都还活着，只不过他们断然不会承认自己曾经多么崇拜，甚至感恩戴德地听着这个疯子样的人在胡说八道——在他真正成为举世瞩目的天才之前。

于是，真相就永远地成为秘密了。

001的现在似乎也和老人遇到他时候一样，老人也并未改变他什么，或许他们真的是天才，所以永远不会遇到改变他们一生命运的人。

第三章　其实并没有一个真相

两年，过去了。

两年的时间足够习惯任何生活，包括监狱里的，庄梓在监狱的两年时间里，已经习惯了监狱里的饭菜，习惯了监狱里的玩笑，甚至在监狱里又有了新的朋友。他已经有了在这里生活二十年或者更长时间的勇气。

然而命运似乎总是不能让他平静地生活下去。总是在他刚刚适应一段生活的时候，就让他被迫地适应另外一种不同的生活。于是，他就连这样一种无可奈何的平静生活都被打破了。

"在这里签字，你明天就可以出狱了。"出狱前一天的下午，在狱警的办公室里，两年前把庄梓送进牢房的那个狱警，冷冷地对庄梓说。对庄梓来讲这是一生中最重要的时刻，对那个狱警却显得那么的微不足道，监狱就像客栈一样，每天人来人往，无论是来的人再也没有出去过，还是出去的人再也没有回来，都不是什么大不了的事情。

庄梓拿着笔，看着签字的地方，开始眩晕，手也在发抖，天上掉下的馅饼总是令人忐忑。

于是他迟迟不落笔，用询问的眼光看着那个狱警。

"快签啊！出狱还这么磨磨蹭蹭的。"狱警今天的心情似乎很好，所以他没有一副不耐烦的样子，而只是无奈地笑着说。

而庄梓好像一个已经吃苦吃到不知道甜是什么滋味的人。

"为什么?"庄梓终于问出了进监狱之后的第一句为什么。进了监狱之后,庄梓很快适应了监狱里住宿环境,食物,劳累的生活,扭曲的心态,以及一切在外面无法想像的事情。惟一不能适应的就是,监狱里是一个没有"为什么"的世界。没有"为什么"就意味着没道理可讲。

"明天出去买张报纸,就什么都知道了。"那狱警最大限度地回答了庄梓的问题,尽管没有直接说出答案,却至少指明了答案在一个唾手可得的地方。

"快签吧!"狱警催促着。

于是庄梓终于落下了笔,写下了那难看的两个字。居然还很好看。

早晨,庄梓走出了监狱大门,准确地说庄梓是挤出了监狱的大门。因为,大门只打开了一个小小的缝,但这并不妨碍庄梓回到这个充满阳光的世界。尽管充满阳光的世界,也未必光明,未必温暖。

两年并不长,城市有了一些变化,但还没有变到面目全非的程度。

庄梓身上一分钱也没有,非但没有钱甚至连一点值钱的东西也没有,非但没有值钱的东西甚至连一点没用的东西也没有。监狱里的东西庄梓一件也没有带出来。总有一种生活,人们想甩得干干净净,一丁点痕迹都不留下。

所以庄梓无法乘车,只能一直走。好在监狱是在城市

当中，而不是建在郊区。庄梓想回到疯人院去看看，想看看陈鱼是不是真的在那里等着自己。

而对于事情的真相，关于自己为什么被提前释放了，庄梓反倒显得没有那么大兴趣了，最重要的是自己出来了。而至于为什么出来，倒真的显得无关紧要，甚至微不足道。

庄梓走得很快，他只想见陈鱼一面。

见面之后呢？要么自己远远地离开这座城市！要么和陈鱼两个人一起离开这座城市。

路过报亭的时候，庄梓想起了狱警对他说的话，"明天出去，买张报纸，就什么都知道了。"话犹在耳。

庄梓在报亭旁边徘徊着，却没有勇气走上前去，越了解这个世界的人，就越会对这个世界充满失望，甚至绝望。

所以即便庄梓未必了解这个世界，却也是对这个世界充满失望的，所以，当一个好的结果出现在自己的面前时，他害怕去探询原因的真相，因为，未必所有的好的结果，都是由好的事实导致的。

或许这个好的结果只不过是某个人或者某几个人的事与愿违，或者阴差阳错。所以如果不知道还会心怀感激，知道了反倒绝望。

然而这些看似很关键的原因只不过是一些无关痛痒的原因。和许多冠冕堂皇的东西一样，是微不足道的。

而真正看上去微不足道的原因却成了最关键的原因：

买报纸需要钱，庄梓没有钱，连一个硬币也没有。

真相的诱惑是难以抗拒的。无论好的，坏的。

最终庄梓决定在报摊上翻一翻，只一小会儿，这样既不用花钱买，也能知道事实的大概。

于是庄梓假装漫不经心实则万分紧张地走了过去，小小的报亭竟然洋洋洒洒摆着几十份报纸。

正当庄梓在想着关于自己的事情应该出现在哪份报纸的第几版的时候，令他惊呆的事情出现了。几乎所有的报纸的头版头条都是有关他的，无须看标题，因为所有的头版都刊登着他的照片，两年之前他被捕时，和法庭宣判他有罪入狱二十年，他一脸茫然的照片。

两年前，庄梓的照片就上过所有报纸的头版，只不过当时的主角是那间独一无二的疯人院。

庄梓打开了报纸，这一次，主角仍旧不是庄梓，尽管他是受事件影响最大的人。

第一次把他送进了监狱，第二次把他救了出来。

不过庄梓并不会因此而心存感激。带来了灾难，之后再将灾难抹平，一切都是理所当然。

其实，真相本身与庄梓无关。真相是关于那个小偷的，关于小偷的真正死因。

故事很长，而且事情又牵扯到很多人，错综复杂，不是一眼两眼能够看清楚的，所以庄梓站在那看了很长时间。这惹起了报摊老板的注意。

那是一个大概五十多岁的老头儿，带着老花镜，目不转睛地盯着庄梓。

"你是庄梓吧！"老头儿率先开口说话。

"是！"庄梓有些窘迫。

"今天出来的?"老头儿又问，语气还算善良。

"是！"庄梓简单地回答。说话的时候眼睛始终没有离开报纸。

"所有的报纸都是关于你的，我要是你，就每份报纸都买一份，收藏着，没事的时候就拿出来看一看。"

"我没钱。"庄梓眼睛还是在死盯着报纸。

"这些报纸我都看了，这个写得最好。你拿到那边长椅上去看吧！"老头儿边说边从一大堆报纸里找出一份递给庄梓。

"看完要送回来。"老头儿边递给庄梓报纸，边嘱咐道。

庄梓没回答，拿起那份报纸就走。

"孩子！事情过去了也就过去了。生活不能太较真。"老头儿大声地喊着。

这是桩子两年来听过的惟一一句温暖的话，于是庄梓回过头来感谢地笑了一下。那一笑，依旧天真烂漫，依稀还能看出，庄梓依然是一个孩子。

庄梓走到不远处路旁，榕树下的长椅上，将报纸摊开。

于是在那样一个上午，伴着蝉鸣，庄梓终于了解了事情的真相。

当一件事情真相天下大白的时候，除了震惊，就只剩下后怕了。

所以，即便冷漠如庄梓在了解真相之后也是一身的冷汗，如果真相一直没有被揭穿，庄梓就会一直住在监狱里，如果当时法院宣判的不是二十年，而是死刑，那么即便真相大白了。那么对于已经死去两年的庄梓，也已经毫无意义了。

生命是如此的脆弱和卑微，即便已经度过了真正弱肉强食，茹毛饮血的年代，人们依然不能完全地控制自己的生命。

那份报纸在叙述小偷的死因之前先讲述了历史上一个类似的事件。

只不过那次的死者不是一个小偷，而是一个流浪汉，或者叫做乞丐更合适。

那本是一个快乐的流浪汉，他的口头禅是，能不能施舍给同胞一顿午餐，一次他中了一个小的彩票，还和同伴一起去吃了一顿大餐，并一起幻想着有钱就可以用百元大钞票点雪茄。最终他们终于梦想成真了——他们中了头等奖，奖品是一大盒金子，然而当他们终于如愿以偿的时候，却抽回了曾经因约定而紧张的手，取而代之的是一把指向同伴的枪。

惟一值得欣慰的是，持枪的那只手毕竟紧张了。在这场上天坐庄的赌局中，人心似乎终究抑制不住欲望的炙烤，金子终究会回归于自然，不同的是中间赔上了无数的生命，和比生命更珍贵的友谊，和比友谊更珍贵的曾经善良的心。

这是一个很好听的故事，不过庄梓并不关心。这说明庄梓不是一个热爱浪漫的人，或者说有一些事情看上去是

浪漫的，但真正发生在自己身上就不觉得浪漫了。

其实，小偷的真正死因，尽管有一些离奇，但一切又都在情理之中。如果庄梓不是亲眼看到报道，他无论如何不会想到，在他与小偷分开的几个小时里，或者说是，陈鱼与小偷分开的更少的几个小时里，会发生那么多的事情。

事情要从陈鱼被围住小偷悄悄逃跑开始。

其实那个叫"吴小林"的小偷能够在那样悠闲地在公园里度过整个下午，真的是因为他突然间有了一大笔钱。

那笔钱的来源是他和另外一个小偷，一人凑了一个硬币买的一张彩票。

"吴小林"对另外一个小偷谎称没有中奖就一个人来到公园里，想等到明天自己偷偷地去把钱领出来，然后远远地离开这座城市，做一个有钱人。

然而，每一个人都会有一些自己的习惯。当偷东西已经成为"吴小林"的一种职业习惯的时候，已经不单单是因为贫穷那么简单的了。所以当他有钱之后，却仍然没能制止那双多余的手。

总有一些看上去无关紧要的习惯，却在最关键的时刻要了自己的命，而且一点也不无辜。

"吴小林"从陈鱼的视线里逃出之后，就遇上了那个正在四处寻找他的另外一个小偷，因为中奖号码早已被公布了出来，却始终没有去取。那是几年不遇的特等奖，人们的关注热情极高。

两个小偷开始是口舌之争，后来纠缠在了一起，一直到最后的拳脚相加，另外一个小偷一记重拳，将"吴小林"打倒在地，满脸是血。

　　这个时候一个巡逻的警察出现了，另外一个小偷看到"吴小林"的惨状以及小偷本能的做贼心虚，马上飞快地跑掉了。逃之夭夭。

　　在"吴小林"昏迷的时候，警察为了查明"吴小林"的身份而搜查了"吴小林"的口袋，没有身份证，没有相片，没有钱，警察只在"吴小林"的裤子兜里翻出了写着庄梓地址的那张纸条。于是这张纸条成了警察可以查案的重要线索，于是庄梓会这样无辜被卷了进来。

　　可就在警察将全部的注意力集中到这张纸条上来的时候，救护车到了，"吴小林"被送进了急诊室。

　　急诊室里主治医生和他的助手匆匆地脱去"吴小林"的衣服，但由于"吴小林"已被打得血肉模糊，所以两个人虽然动作麻利迅速，但实际上还是用了好长时间。在主治医生让助手拿手术刀的一瞬间，医生发现了"吴小林"内衣上粘有血渍的那张彩票。

　　也就在那么一瞬，那位德高望重的医生变的猥亵了。他一直都是一个好医生的，在医生收红包已成一种不良之气的今天，他却能独守医德，以治病救人为己任，他一直觉得医生是自己的职业，救人是自己的分内之事，病人付医疗费是他们所必需的，而除此之外呢，再硬塞给自己红包，是对自己、对自己所工作的医院的不信任，甚至是一种侮辱，就像是一个绅士，收到了一封邀请函赴宴，他拿

着大红的邀请函到了门口了，门卫却不相信他的邀请函是真的，像是他不具备进到这扇门的资格似的。当然别的医生收到红包时也许不会有这种不信任的侮辱感，但他真的讨厌红包，也许从这方面说他真的是个绅士。

回到那张彩票上来，任何人都有自己的致命弱点，希腊神话里的战神阿克琉斯，还有后脚踝的一个致命之处呢，何况平凡如我辈的肉体凡胎。那张彩票就是这个难得的好医生的"后脚踝"。他不爱财，他一直都觉得钱太多了没用，但他却是个十足的彩迷，买彩票成了他的一种习惯，就像吃饭睡觉一样，必不可少，他喜欢那种每天等待开奖的感觉，他喜欢每天能有所期盼的日子，虽然他一次都没有中过，甚至连五块钱都没有中过，但他还是每次都买，每次都像一个孩子听期末成绩单似的听开奖结果。这次也不例外，所以在看到那张血迹斑斑的彩票之后，就在助手转身的那一瞬，他像个发现了自己的梦中情人的青涩小生一样，兴奋极了，他用最快的速度将自己的"梦中情人"藏了起来，据为了己有。

处于极度兴奋中的他，并没有忘记藏到自己身上并不等于属于了自己，顾不了那么多了，等了那久，盼了那多久，望了那么久，当希望突然飞至眼前时，谁都会有一个"这是上天赐予我的"的感觉，谁都会为了这种冥冥中的恩赐而奋不顾身。于是这位少有的好医生犯了今生最不该犯的错误。

吴小林由于被打成重伤，抢救无效，死。

这是警察从医生那儿得到了结果，有了这个结果之后，他们就要抓人，另一个小偷跑得无影无踪了，只剩一个纸条及纸条上的那个名字——庄梓。

于是警察先找到了修车厂，找到了小舟和小瓦，当小舟和小瓦一听说"吴小林"——他们前一天下午殴打的那个小偷不治身亡之后，马上统一口径，把一切的责任都推在还没有回来的庄梓身上。

他们只是害怕而已。他们只是害怕不幸降临自己的身上。

然而因为懦弱而做出卑劣的事，仍然不能够被原谅。

无论有辜还是无辜，庄梓毕竟是个疑犯，警察只是要结案。

于是最终，庄梓被捕了，因为他没有像那个小偷一样跑得那样彻底……

一切似乎都随着庄梓的入狱而得到了终结。而那个医生领取了大奖，心中却一天不曾安宁过。当多年期望一下子变成了现实，好像生活从此再也没有了感动，好像生活再也没有了目标。

但是生活并未因此而将这一切淡忘，要来的早晚会来，内心的折磨并不代表罪恶可以减弱甚至消失。

关心着这张彩票的除了已死的吴小林，还有另一个小偷。

在一个月前，那个和吴小林一起买彩票的小偷，因为偷钱被发现之后，持刀杀人而被逮捕。被杀的是一个中年男子，虎背熊腰。

其实那个小偷并不想杀人，他只是想拿着刀吓唬一下

那个人，却不曾想，那个中年男子十分勇敢，上来就想抢下他的刀子，男子在冲上来的时候，被一根坚强伸出地面的树根绊倒了，因为用力过猛，一下子扑到了小偷紧握的尖刀上，正中胸膛，当场毙命。

小偷因此被捕，并被判了死刑。

在执行的前一天，留遗嘱的时候，小偷小心翼翼地问负责记录的警察，是否知道"吴小林"死之后彩票的下落。

于是警察调查，终于查清楚了事实的真相——是"吴小林"的主治医生动了手脚，将本无大碍的"吴小林"治死了，然后领走了巨额的奖金。当时兑奖处的人员还奇怪，这张大奖的彩票怎么会这么不小心染上了这么多的血迹呢。难不成是听到中奖后激动得拿菜刀的手一抖，切伤了自己，呵呵，这可没准呢。

医生换出了庄梓，医生的心灵也算解脱了。

只是什么都迟了点儿。如果"吴小林"将彩票的奖金和小偷安静地分掉，"吴小林"不会死，这个小偷也不会死。庄梓也不会有两年的牢狱之灾。老人一手建立起来的疯人院，也不会顷刻之间，毁于一旦。

总有一些真相，作为故事讲起来的时候十分的好听。这个就是如此，只是庄梓却不觉得，因为太残酷。

还有，真相大白之后也就不会那么有诱惑力了，庄梓惟一观注的真相中的一个细节就是，那张写着自己地址和名字的纸条，和"吴小林"三番五次朝自己要那张小纸条时的恳切。

庄梓更愿意相信，那个时候已经知道自己中了彩票的
"吴小林"之所以要自己的地址是为了回来找自己，然后
一起去他们梦想要去的地方。这是一个最温暖的假设，也
只能是一种假设，因为"吴小林"已经死了，再没有人
知道他要庄梓地址的真实目的。

　　而恰恰又是这张纸条，或者说是"吴小林"的好意
害了庄梓。美好的愿望未必能够带来美好的生活，也许会
事与愿违。这是生活最残酷的地方，根本没有什么因因果
果。如果真的有，惟一一句合理的便是——一切的罪恶都
来自人们无法尽情的爱。

　　而真相之外，最无法让庄梓接受的事实是疯人院的覆
灭。那是他惟一能够回到的地方。

　　于是，庄梓转了一个方向，一直走着，一直走下去。

　　他只能一直走下去，从早晨走到傍晚，城市太大了，
整整一天，他才走到城市的边缘，城市的边缘是一片海，
黄昏的阳光下，一个孩子光着脚丫看着远处，一幢幢的房
子建在大大的甲板上。

　　"你叫什么？"孩子问庄梓。

　　"庄梓。"

　　"你几岁了？"孩子问庄梓。

　　"六十七。"

　　"撒谎，庄梓是传说中的人，他有几千岁了。"

　　"呵呵。"庄梓笑而不答。

　　沉默了一会儿孩子突然问："几千年前这里是什么样
子？"

"和现在一样，也是一片海，上面飘着许多房子。"庄梓淡淡地说，他知道孩子不懂得什么叫沧海桑田。

有的时候沧海桑田只需要七天，或者更短。

可无论这个世界怎样的沧海桑田，变幻莫测，总有一些事情是永恒不变的，比如，玫瑰大街依然是这个城市最美丽的街道。

玫瑰大街依然是个很不错的意象，依然让人们联想起爱情，以及一些关于邂逅爱情的浪漫而又虚无缥缈的东西。在这条有着美丽名字的街道上，最著名的依然是一个疯人院，一个卖票的疯人院，一个破败的疯人院。

院子里长满了野草，和烂漫的连成片的黄色野花；院落里连一个老人也未剩下，已经开始有鸟儿在屋顶筑巢，墙壁也开始变得斑驳。

每天都固定有一个穿长裙的女子，坐在疯人院的门口，人们闲得无聊时喜欢来这里转一转，在进门之前喜欢塞一个硬币在女子的手里，仿佛她就是这里的售票员一样。

她是玫瑰大街上的惟一的一朵玫瑰，而一朵玫瑰，无论是开在沙漠里，还是开在花瓶里，都注定了同样的忧伤和孤单。

女子就是陈鱼，这间特殊的疯人院留下的最后一个人，陈鱼最初回到这里，真的是在等老人回来，后来，就成了一种习惯，或者只是一种无奈的选择，好像一个乞丐习惯一个街头和一个门口一样。

这间实际上独一无二的疯人院，也终于放下了自己尊贵的架子，任谁都可以进进出出，随便地实施一点小钱，因为院子里边非但没有剩下一个天才，甚至连一个疯子也没有了。

好像各国的皇宫，只有在没有了皇帝之后，人们才能走进去看看那些空落的房间和长廊，边走边聊，想像着曾经住在里边的人留下的音容笑貌，而且津津乐道，乐此不疲。

还是傍晚，一个瘦弱的少年，徒步走在玫瑰大街上，一眼看到长椅上的穿长裙的陈鱼，站了一会儿，神情紧张地坐在了长椅的另一端，陈鱼看了一眼他，四目相对，但两个人始终都没说话，只是将手夹在两腿之间，安静地坐着，像两个做错事情被罚不能吃饭的孩子，同命相连。

傍晚过了，太阳落了，两人的剪影渐渐地与黑夜重叠。

第二天，疯人院还在，却再也不见那个忧郁的卖票女孩儿了。

然而故事并没有完，很多天后，一个中年妇人，做着和陈鱼同样的事情，在早上人们不知道的什么时候出现，在夜晚不知道的什么时候消失。

于是人们都没有看到，她在路过疯人院的门口时，总是在同一个地方扭到脚。而她从来都没有产生把那个坑填平的想法。

附录 非在天空的鱼

陈鱼对庄梓说：我愿意给你我的一切，包括我的记忆，我的过去。

于是庄梓和陈鱼能够一起回想起童年，而且在他们一起回想起童年的时候，彼此都是对方的全部。

也只有一个真切的过去，才能让人变得完整，才能让两个人的感情变得完整。

并非所有的童年都是无忧无虑的，成长也必须付出努力。

第一章　风　筝

风筝永远是美丽的，只有线是无辜的，断也不是，不断也不是。

周五上午的最后一节课，语文课。

二年级的教室里，老师在讲一篇课文，课文很长。庄梓和陈鱼坐在靠窗的坐位上，想好好听可后来还是溜号了，他们一直在小声地谈论着明天放假去小河里捉鱼的事情，陈鱼让庄梓带笊篱，庄梓让陈鱼带，谁也不肯让步。最后，下课的铃声响了，庄梓和陈鱼只记住课文的最后两句话是"鱼儿的梦想是能够飞向天空，鸟儿的梦想是能在大海中游泳"。

有这样一篇课文吗？或许是他们记错了……

下午的最后一节课，劳作课。

一整堂课老师都在讲如何制作一个能飞在天空的风筝，而庄梓和陈鱼仍在商量着明天抓鱼的经过，仍然没有结果。其实抓鱼有什么商量的呢？他们只不过是兴奋，忍不住不去想这件事情而已。

下课之前，老师布置了作业，每两个人一组，做一个风筝。庄梓和陈鱼被分到了一组。

放学的路上，陈鱼一直闷闷不乐。

"你怎么了？"庄梓问陈鱼。

"都怪你，上课一直和我说话，做不出来风筝怎么办啊?"陈鱼带着哭腔说。

"别担心,有我呢!"庄梓拍着胸脯说。

"你会?"陈鱼怀疑地问。

"我,我很小就知道什么是风筝了。"庄梓大人一样地说。很小是多小?这一年庄梓八岁。

"我就知道你很小就吹牛!"陈鱼刮了一下庄梓的鼻子。

自己也格格地笑了起来。

周六。

庄梓和陈鱼很早起床,吃过早饭就从家里跑了出来,先后来到了河边。他们不愿被其他人看到他们总在一起,尤其是庄梓,一个男孩儿总和女孩子玩会被耻笑的。

可没办法,庄梓就是喜欢和陈鱼在一起,陈鱼也喜欢。

那天,庄梓带了笊篱还带了一把锹,两人来到了一段同时有两条河汊的地方,庄梓用了一个小时的时间,把其中一条堵上,水顷刻之间就干了。

这个时候一直在岸边看着的陈鱼一跃而起,一手拿着笊篱,一手拿着瓶子,飞奔到几近干涸的河床里,和那些小鱼一起在跳舞。

美丽的舞蹈分两种:一种是快乐的舞蹈,一种是绝望的舞蹈。

现在,在几近干涸的河床上,两种舞蹈同时上演。

完成任务的庄梓,一边站在河岸上擦汗,一边看着陈鱼把濒死的鱼都捡到瓶子里。

　　看着濒死的鱼在瓶子里又快乐地游来游去，庄梓突然对陈鱼说，他想要做一条鱼样式的风筝。

　　陈鱼听到庄梓的想法之后，特开心地笑了起来。或许，因为名字的缘故，陈鱼一直以为自己就是条小鱼，尽管她是从那堂语文课之后，才有了想飞的念头；尽管她最喜欢做的事情恰恰是抓鱼。

　　看到陈鱼高兴的样子，庄梓也憨厚地笑了起来，能够帮人完成心愿一直是庄梓最喜欢的事情，而这一次不仅仅是帮助陈鱼实现一个心愿，更是帮助一条鱼实现自己的梦想。梦想似乎比心愿伟大许多。

　　笑过了之后，两个人就开始捧着玻璃瓶子，数他们究竟抓了多少条鱼。在他们数鱼的时候，庄梓修的坝正在被河水一点点地漫过，冲垮。

　　庄梓和陈鱼看到了，没去挽救，也没有沮丧。他们只是想抓鱼，鱼抓到了，坝也就没用了。他们也没去堵河的另外一条支汊，那一条要留给下一次。

　　现在他们所要做的，就是快乐地等待黄昏的来临，趁着所有的小朋友回家吃饭的空挡，跑回家去。

　　周日。

　　陈鱼早早地来到了庄梓的家，两人一起找来许多白纸、竹条和蜡笔，按照依稀记得的老师说的要求，制作他们生平第一个风筝。遗憾的是，庄梓和陈鱼都没有画画的天赋，他们在白纸上画出来的鱼，甚至比泥鳅还难看。至于把竹条拧成鱼的形状，再把纸粘到竹条上对他们更是一个不可能完成的事情。

在折腾一个下午，一切仍一团糟之后，两个人终于沮丧地坐在小板凳上。

　　最后，陈鱼终于忍不住静悄悄地哭了，或许是因为她的名字里有一个"鱼"字，对于这条不能飞上天空的鱼，陈鱼显得尤为难过；而对于庄梓来说，对于帮助一条鱼飞起来只不过是心血来潮的心愿，只是当陈鱼把这件事情当成一件梦想的时候，庄梓义不容辞了。

　　那年庄梓八岁，男子一出生就可以是男子汉的，八岁似乎已经显得太晚；陈鱼七岁半，离女人还很远。

　　庄梓看到女人哭了，愤怒地把竹条都全都折断，把白纸全都撕得粉碎。他不相信没有竹条和白纸就做不成风筝。

　　但一直到周日的黄昏，庄梓也没能想出另外一种制作方法是什么。那个黄昏，庄梓和陈鱼在村口的小溪边，一直坐着靠近水边的石头上，看水里的小鱼儿游来游去，那些小鱼太小，还没有一根手指长，还不懂得梦想是什么，也懒得想梦想是什么，能够快乐地游来游去，多好。

　　"你的梦想是什么？"陈鱼问庄梓。

　　这个时候天已经黑了，他们已经看不到小鱼快乐地游去游来了。

　　这个问题，庄梓想了好多年才想明白，而当时庄梓虽然还不知道自己的理想是什么，但已经懂得了什么叫做心愿——让鱼儿飞上天空。

　　周一就有一堂劳作课，庄梓和陈鱼却还没有完成作业，他们都是班里的好学生，不完成作业是他们想都不敢

想的事情。特别是这一次，班级里的许多同学都已经知道了庄梓的创意，都在眼巴巴地等着周一，庄梓把那有着鱼模样的风筝放向天空。

他们其中的很多人与庄梓和陈鱼一样是真心希望看到鱼儿能够飞上天空，庄梓不能叫他们失望；还有一小部分，他们嫉妒庄梓的创意，他们在等着看庄梓的笑话，庄梓不能叫他们得意。

吃晚饭的时间已经过了，陈鱼感到很饿，庄梓也饿，又这样过了很长时间，庄梓突然胸有成竹的对陈鱼说："你先回家吧，我保证明天劳作课上带一个鱼样儿的风筝。"

陈鱼听完，很开心地笑了起来，在将要转身的时候，很快地在庄梓的脸上亲了一下。

那不是鼓励，不是爱情，甚至不是友情，只是因为喜悦。

陈鱼了解庄梓，庄梓聪明，从不说谎。所以当庄梓告诉她自己可以做好风筝的时候，陈鱼就知道庄梓一定能够做成一个鱼样式的风筝，于是兴高采烈地回家吃饭去了。

尽管不能帮助庄梓做风筝使陈鱼有些难受，但陈鱼实在是太饿了。而陈鱼似乎也真的不太关心怎么能把风筝做出来，只要第二天风筝能出现在课堂上，就好。

很多的孩子早已不记得自己的第一次与异性的亲密接触是在什么时候；很多的孩子也早已忘记自己第一次撒谎是什么时候。

但庄梓能够清楚地记得，就是第一次，庄梓为了让陈

鱼能够回家安心地吃一顿饱饭和睡一个好觉而撒了一个谎，从而成就了人生中的第一次亲密接触。

很多好孩子的第一次撒谎都是善意的；还有一些不好不坏的孩子撒谎大多因为害怕；而那些坏孩子，多半是为了实现自己的目的。

第二章　非在天空的鱼

虽然鱼飞在天空从一开始就注定了是悲剧，但是至少也是快乐一瞬间吧！

第二天，星期一。

劳作课是下午，陈鱼同桌的位置一直空着，那是庄梓的坐位，那是庄梓有生第一次逃课，一个人逃课的早晚，完全取决于他在几岁遇到比上课更重要的事情。

而究竟什么样的事情能够比上课更重要呢？睡过了，饿了，青蛙叫了，杨梅红了，枇杷黄了，不开心了，……哪一种理由都合理，每一个人都有衡量一件事情重要程度的标准。尽管家长和老师始终认为哪种理由都不充分。

从早上，陈鱼就意识到了身边的空坐，但她并没有着急，甚至当其他老师问起庄梓的时候，陈鱼还镇定自若地帮庄梓撒谎说，庄梓肚子疼，一会儿就回来。很多知情的孩子笑了，但陈鱼的表情仍然很认真。

老师最终还是相信了，其实老师是愿意相信学生说的话的。

陈鱼和老师的所作所说，说明庄梓是一个值得相信的人，至少以前都是。

中午放学的时候，劳作老师来教室说，下午大家都带着自己的风筝去村口的小河边集合，他们要有一个风筝比赛，比比谁的风筝飞得最高，第一的奖励是一盒蜡笔，陈

鱼在村里惟一的小商店里见过，要两块三毛钱。

这个时候正是春天，阳光明媚，微风习习，最合适放风筝。

劳作老师刚一讲完，陈鱼就最先跑了出去，顾不得回家吃饭，直奔庄梓家跑去，陈鱼在庄梓家的门口转了好多圈，确定庄梓并没有在家之后，才走开。

她不敢进庄梓的家门，她害怕庄梓去做什么事情的时候也是背着自己的父母，而自己一旦去问庄梓的父母，一切就都露馅了。

孩子之间，天生就是同盟。

中午很快就过了，陈鱼赖在家里不肯出来，陈鱼只是小心地扒着窗户，看着伙伴们都陆续地朝村口的小河边走去，陈鱼知道他们一会儿就会在那里集合，然后一起去原野上放风筝，过一个美丽和快乐的下午。

而她却不能和他们一起去，不能和他们一起兴高采烈，快上课的时候，妈妈问陈鱼怎么还不去上课，陈鱼才意识到，原来家里也不能待下去了。

陈鱼一句话不说，朝教室走去，那里现在一个人都没有，陈鱼有些委屈，有些埋怨庄梓。

一个人如果不相信谎言，就不会受到谎言的伤害。

如果在最初，把所有的话语都当成谎言，当证实许多的谎言是真实的时候，是否会很开心？反之也不会受伤害。

教室里一个人都没有，午后的阳光铺满了桌子，一切都很适合悲伤。陈鱼哭了，她终于开始认为庄梓是当了逃

兵，庄梓说下了大话，结果拿不出美丽的鱼样式的风筝，故意躲着不肯见自己。她有些怨庄梓。

人世间最令人伤心的不是失败，而是欺骗。

如果陈鱼继续努力与庄梓一起做风筝，即使最后仍然没能将风筝做成，或许她也不会哭，更不会怨庄梓。

人毕竟不是神，每一个人都有自己无能为力的事情，但一个人努力过证明自己真的无能为力后，至少不会委屈。

这个学期的劳作课似乎要得零分了；这个学期三好学生似乎没戏了；评不上三好学生不仅会被爸爸妈妈批评；更重要的是动物园去不成了；自己每个学期都能够去一次动物园，她很想看看那只小熊是否又长大了一点。陈鱼想着这些，哎！

陈鱼是多么想看看那只小熊啊！陈鱼是眼看着小熊出生的，那是她刚上一年级那年，那个学期陈鱼被评为三好学生，父母就带她去了动物园。再接下来的三个学期中，陈鱼为看到小熊每次都拼命地做三好学生。

那个小熊最爱吃鱼了，每次去动物园之前，陈鱼都会到河里抓许多的小鱼，养在罐头瓶子里，小熊只吃活的鱼。

当然每次都是庄梓在帮助自己抓鱼，去年的夏天，庄梓为了帮助自己抓鱼，新买的一双凉鞋还被小河冲跑了。

一想到这里，陈鱼又开始不忍心起来，庄梓其实对自己很好的，庄梓每次帮助自己抓鱼，自己都答应带庄梓一起去看小熊，却一次也没有去。

　　两个说谎的孩子，各说了一次谎，这也是可以扯平的。陈鱼惟一靠近说话算数的举动，是带了一张小熊的相片给庄梓看，她只给庄梓看过那张相片，因为两个人的关系更好，也因为陈鱼不好意思拿出去给别人看，因为那本是陈鱼和小熊的合影，小熊很清晰、可爱地在照片中，而陈鱼虽然也很可爱，却只有半个小辫子在相片的边上。

　　陈鱼拼命地跟庄梓解释到，我在上面，小熊在下面。关熊的是一个地牢。

　　而很多年之后，当陈鱼和庄梓在一起看那张相片的时候，两个人都更愿意相信，那只不过是摄影师的一个小小的恶作剧。但从来都没有人揭穿，对于一些美好的回忆，我们能做的最好的，就是让它继续美好下去。

　　下午第一堂课结束的铃声响起的时候，庄梓闯进了教室，背着一个大大的书包。

　　这个时候的陈鱼刚刚停止哭泣，陈鱼发现自己在教室里，安静地过一个午后也不错。

　　"老师和同学们呢?"庄梓问陈鱼。

　　"田野。"陈鱼说，一见到庄梓，本来已经不哭了却一下子哭得更厉害了。

　　"快! 我们走，去找他们去。"庄梓已然是满头大汗。

　　"风筝呢?"陈鱼着急地问。

　　"在书包里。"庄梓自信地拍了拍书包。

　　陈鱼马上破涕为笑，不管庄梓一个上午都去做了什么，不顾庄梓累不累、渴不渴、饿不饿，就朝田野跑去，甚至比庄梓跑得还要快。

　　陈鱼一路上都笑得合不拢嘴。一想到自己和庄梓的风筝，鱼形状的风筝，快乐在天空飞啊飞啊飞啊飞，就兴奋。

　　尽管兴奋，跑到一半的时候，两个人还是不得不坐在小路旁休息。

　　"你上午干什么去了？"陈鱼大口喘气之后，问庄梓。

　　"去城里了，去城里面找风筝去了。"庄梓说。

　　陈鱼一下子就想到，去动物园看小熊的时候，看到城里各式各样美丽的风筝，这下她的心里放心了。

　　陈鱼拽起庄梓朝原野跑去，一想到自己的风筝将要是天空中最美丽的，她就有些迫不及待。而且一定有许多小朋友，这么大都没有看见过城里风筝的美丽。

　　又跑了一小会儿，他们已经能够看到原野上的同学们和老师了，也能够看到那些用旧纸盒、废报纸做成的风筝，不断地从空中跌落。

　　陈鱼突然拽住了庄梓，很严肃地问庄梓，"这风筝是你自己做的吗？这可是劳作课，主要是检验我们的动手能力，连父母的帮助都不可以，怎么可以花钱去买呢？"

　　"放心。"庄梓说。

　　当时的陈鱼很放心。但，一直到以后很多年，陈鱼都很害怕听到，庄梓说"放心"这两个字，因为这两个字，好像天生会让他们倒霉一样。

　　然而这一次，陈鱼算是比较幸运的，因为这一次，她是放心了最长时间的一次——放心地走到了老师的面前。放心地与庄梓一起站在了所有同学们的面前，放心

地看着庄梓从书包里，拿出了那条美丽的鱼，真是一条美丽的鱼。扁平金黄；哦，或许应该说成是，那个美丽的风筝，像一条美丽的鱼，扁平金黄。

庄梓和陈鱼的分工是，陈鱼拽线，庄梓持风筝，陈鱼拿着线还来不及仔细看一眼那美丽的风筝，就快速地跑开了。

越是美丽，陈鱼就越想它能够快一秒飞起来。

老师和同学们看着这风筝都目瞪口呆，因为风筝的美丽，而更让他们目瞪口呆的是，庄梓的力气真大，一下子就把那风筝扔上了天空，鼓掌。

然而，在巴掌还没来得及分开的时候，风筝迅速地落向了地面，还砸倒了一小片小草。

再扔，再落。快扔，快落，慢扔，更快地落。

庄梓很尴尬，脸红的像一个大萝卜。脸红的很大原因，是因为他对陈鱼说的"放心"两个字。

最后，庄梓拼尽浑身力气，将那条鱼从怀里扔出去，不是向高，而是向远，因为庄梓的力气太大，陈鱼来不及放线，又拼命地抓住线不放，线一下就断了，鱼形状风筝的也没有向高飞出去，而是向远飞去。

同学都转过了脸去，他们不忍心看可怜的庄梓和陈鱼。发生这样的事情，他们除了在当时偷偷地笑笑，还可以在以后很长时间之内想起来就笑个不停。

可无论怎么笑，这都是一件无关紧要的事情。

但对于庄梓来说却很重要，这是庄梓对陈鱼的第一次失言，更为重要的是，这是庄梓作为一个男子汉在人生中

的第一次允诺。

对于陈鱼，首先面临的是对庄梓短时间的失望，以及这半年时间里不能去看小熊而产生的遗憾、沮丧和失落。

孩子只会想距离自己最近的事情，大人才会想一辈子的事情，大人想的太久，所以会很木然，能有什么事情在整个人生中，让人快乐和悲伤呢？

"没关系的，我们都看到了，那条鱼，不，那个鱼形状的风筝已经飞向天空了，只不过是它落下的速度稍微有点快，可即使是飞在天空的鸟也一样会落下来的啊！"老师在安慰着两个孩子。

但庄梓和陈鱼依然闷闷不乐。

一直到所有的伙伴都回家了，庄梓和陈鱼都没有走，陈鱼说有点冷，庄梓就生了一堆火；陈鱼说还是冷，庄梓就把火架得旺旺的，烤得两个人脸盘都红彤彤的。

庄梓说："这个学期我带你去动物园吧！"他了解陈鱼的心愿。

陈鱼不点头也不摇头，仍然嘟噜着脸，一脸的委屈。

于是庄梓又说一次，"我带你去动物园吧！"

陈鱼仍然没说话，却伸出了小手指。

庄梓也伸出了。

两个人一起说："拉钩上吊，一百年不许反悔。"

这个时候，庄梓觉得有些饿，他已经一整天都没有吃东西，他想陈鱼一定也饿了。

于是，他就把那条没有飞上天的鱼，从草丛中找了出来，用一根棍子把鱼穿了起来，架到火上去烤。

那是一条大黄鱼，一烤起来，不仅味道很香，颜色也很好看，十几分钟之后，鱼就熟了。

庄梓把烤的颜色和味道都很好的鱼递给陈鱼吃，陈鱼却不吃，其实她很想吃，但她刚刚还是一副很生气的样子，如果马上就破涕为笑似乎很没面子。

所以，陈鱼很想让庄梓再哄哄她，却不曾想庄梓竟自一个人吃了起来，庄梓吃鱼的时候是背对着陈鱼的，陈鱼感觉到很长时间过去了，庄梓却没有再次把鱼给她的意思，或许那条鱼太好吃了。

想到这里，陈鱼再也忍不住，突然转身抢过了那条鱼。

然而当鱼在手里的时候，陈鱼的脸却一下子红了。

庄梓一口好肉也没有吃，他只是把鱼头鱼尾吃掉了，然后细心地一小根一小根地在挑鱼刺。

陈鱼那个时候真的还太小，否则她会毫不犹豫地决定，庄梓就是自己今生今世依托的人。因为那个时候的庄梓也只是个孩子，所做的一切都是一种本质的流露。

人年幼和年轻的时候，总是可以很轻易地看清楚一个人的模样，总是可以轻易地就找到一个值得终身相许的人。遗憾的是，错过比看清楚更容易。

无论怎样，陈鱼终于笑了。

她说："小熊就很爱吃鱼。"

这是一句不着边际的话，在十岁以下很流行。

第三章 非在天空的城市

很多的时候，城市很远，天空很近。

庄梓很庆幸，在拉钩的那一次，两个人一起说"拉钩上吊，一百年不许反悔"的时候，自己只说带陈鱼去动物园，却没说具体的时间。

所以，当陈鱼一次次地问："你究竟什么时候带我去动物园啊？"

庄梓都可以心平气和地说："快了。"

对于一个一百年都不许反悔的诺言，只拖了四年，似乎还不算太长。

那一年庄梓十二岁，陈鱼十一岁半。过了这个夏天，两个人就将一起上初中了。

然而两个人还是不能快乐地玩整个暑假，在这个夏天里，两个人一定要捡足十公斤叫做松树丁的蘑菇。

在过去五年的每个暑假里里，陈鱼和庄梓每天早上八点都会在约好的小河边见面，然后一起趟水过河，到对面的树林里捡蘑菇。

在回家之后，陈鱼还要把捡回来的蘑菇，用线穿好，挂在房檐下面，晾干之后，托去城里做生意的小贩卖掉，小贩给他们一公斤十六块钱。

"过了这个夏天，我们就能攒到五百块钱了，我们就可以买两辆自行车了。"在树林里，陈鱼快乐地说。钱都

收在她那里，除了她谁也不知道钱藏在哪里。

"五百！"庄梓目瞪口呆。他从来都没有想过，他们两个能有那么多钱。

"到时候我们就可以骑车去动物园了。"庄梓开心地在山梁上打个空翻，险些没有骨碌到山下去。

一整天，两个人一直在很开心地聊天，都没怎么捡蘑菇。傍晚的时候，当两个人决心想要捡蘑菇的时候，却乌云骤聚，山雨欲来。两个人不得不赶紧回家，临回家之前，他们说好，第二天早早地来。

下山的时候，庄梓还是习惯性地让陈鱼先过河回家，庄梓过十几分钟再回，这些年两个人一直一前一后地回家，这是改不了的习惯，尽管已经没有人愿意再说起他们，因为人们早就已经很习惯地把他们当成了一对。

尽管人们仍然认为他们还是个孩子，还不懂得爱情。可难道八十岁就懂得了吗？

陈鱼刚刚跑进屋檐底下，大雨就倾盆而下，只留下庄梓一个人在雨中让她有些过意不去。

然而庄梓却不觉得什么，他一个人悠闲地走在雨中，甚至还吹着口哨，尽管他既没有伞，也没有雨衣，甚至连一片能遮住脑袋的大树叶也没有。

山里的孩子，淋一场雨真的算不得什么。庄梓非但不恼，相反还很高兴。因为在下过一场雨后，树林里一定会长出许多许多的大蘑菇。

想着，想着，庄梓把口哨吹得更响了。

雨下了一夜，一直到早上还淅淅沥沥的。

庄梓不到五点就起来，跑到陈鱼家去叫陈鱼去捡蘑菇。他知道，晚了就会有先去的人把蘑菇捡走的。为了蘑菇，旁人的几句闲话也就算不得什么了。

然而，当两个人来到河边的时候却傻眼了。因为下了一夜的雨，河水比平时涨了一倍，而且非常的浑浊，一副要吃人的样子。

"我背你过去吧。"庄梓边说，边开始挽起裤管。

这个时候的庄梓已经比陈鱼整整高出了半个头。

"我们还是一起趟过去吧。"陈鱼想了想说，边说也边开始挽裤管。

两个少年，谁都没有考虑退缩。

可是，陈鱼实在是太瘦、太矮、太小了，如果不是庄梓及时地拉住了他。她一下水就会被水给冲走了。最后，庄梓不容分说地把陈鱼放在了自己的后背上。

过河之后，两个人都羞红了脸，为了陈鱼胸前若有还无的那抹柔软。无论他们是否感觉到，是否准备好，两个人都不得不长大。

那天，两个人采的蘑菇比平时的三倍还多，只要把那些蘑菇晾干，卖光，两个人就可以买自行车了。

然而两个人却不像平时那般开心，话也比平时少了许多。因为尽管两个人虽然还不是很明白，但仍然意识到了一个很严重的问题——长大。

在他们即将升入中学的前一周，蘑菇都卖掉了，钱都被陈鱼理得很整齐，小心地用皮套捆好，刚好五百块。

那是个星期天，两个人决定进城去买自行车。

一大早，两个人搭村里的拖拉机进城，拖拉机是拉砖用的，两个人就坐在砖头上，美滋滋的。钱被陈鱼装在书包里，书包被陈鱼坐在屁股下面。

中午。两个人走进了城市里最大的自行车行，那是客人最稀少的时候，员工也都在忙着吃午饭。

所以，陈鱼和庄梓走在里边，虽然有些扎眼，却没有人顾得上看他们一眼，或者打个招呼。

两个人在车行里转了三圈，车行里最便宜的自行车是249元，刚好买两辆，还能剩两元，刚好是动物园的门票钱。

"你们要买自行车吗?"终于有一个长得很漂亮的阿姨来招呼他们两个。

"是。"庄梓小声地说。他不是害怕，只是有些不知道该说什么。

"你们要买那一种?"阿姨笑着问。

"我们只有五百块钱。"庄梓诚实地说。

他还没说完的时候，陈鱼悄悄地在后面拉了一下庄梓的衣角。

"不能什么都和陌生人说的。"陈鱼小声地嘟囔着，庄梓却并不介意。

"你们是兄妹吧!? 你们是要买一辆还是两辆啊?"阿姨又问。

"一辆。"

"两辆。"

两个人异口同声地说。庄梓说"一辆"，陈鱼说"两

辆"。

庄梓暗中已经看中了一辆428元的山地车,能变速的那种。

"读中学之后,每天上学、放学我都可以载你的。"庄梓说。

陈鱼就很开心地笑了。

买好车子之后,庄梓提议去动物园,但陈鱼说动物园很大很大,而现在已经是下午了,这个时间去,不划算。

所以,当天下午,两人在花了十元钱、每人吃了五串正宗的新疆羊肉串之后,庄梓就骑着新车,载着陈鱼回家了。

开始的时候,陈鱼还学着城里的男生带女生那样坐在前面的横梁上,只是快到村口的时候,才换坐到后边的货架上去。

中途还发生一点小插曲。可能是吃了正宗的新疆羊肉串的缘故,两人一起觉得肚子疼,于是把车子骑到小路上,在一片小树林里解决掉之后,才舒服。

方便的时候庄梓想偷看,却没敢;陈鱼偷看了,觉得很难看。

回来之后,两个人对车子一直爱不释手,陈鱼甚至每天都擦洗一遍车子。在之后的几天里,两个人既不去采蘑菇,也不去抓鱼,每天最喜欢做的事情就是骑着车子在村子里乱转。

同时,两个人惊奇的发现,不知道从什么时候开始,两个人开始不怕村里人的风言风语了。陈鱼甚至敢在村里就坐在车前面的横梁上。

"我们明天去动物园吧！后天就开学了。"当两个人骑着车游荡在村里的某条胡同里的时候，陈鱼说。

"好。"

"我们去抓鱼吧！"陈鱼说。

"好。"庄梓说。

说完，就骑车回家去取铁锹，水桶、笊篱。

还是按照老办法，堆河坝，捡鱼……河床并没有变宽，河水并没有变深，河鱼也并没有长大，只是当年的孩子已经长成了少年。

那一夜，庄梓一夜都没有睡好觉，他甚至比陈鱼更想去动物园，尽管他没有那样一只小熊用来想念。然而从前他必须要在陈鱼面前装作自己毫不在乎，仅仅因为他从来都没有去过。

在睡觉之前，庄梓还特意跑出去问村里总去城里的几个大人，动物园的路怎么走。

冥冥之中，庄梓已经知道自己应该把一切都承担起来。尽管他未必知道自己要承担那些东西叫做"责任"。

第二天，庄梓很早起来，骑车去接陈鱼的时候，陈鱼也早已起来，背着一个大大的书包，拎着装着鱼的塑料口袋站在门口在等庄梓。

庄梓骑到陈鱼身边，很帅气地刹闸，陈鱼一扭身，就坐在了横梁上，庄梓把车子骑得飞快，两个人顷刻之间就消失在村口老人的视线中。

上午八点，公园正是开门的第一分钟，庄梓载着陈鱼

刚刚好赶到，不用问路就能自己找到，这很让庄梓得意。庄梓属于那种很有方向感的人，在遇到十字路口的时候，也总能选择到对的那一条，这可以叫做天赋，也可以叫做运气。

陈鱼去买票，庄梓去存车。

然后两个人一起走进了动物园，手牵着手，两个人都有一点紧张。难怪，这是他们人生之中第一次像模像样的约会。

在陈鱼的记忆中，这个动物园很大，好像走几天几夜都走不完，其实这个动物园小得很，只有一个操场那么大的人造湖泊，还有一个比他们采蘑菇的山丘小许多的小山，湖泊里有几只小船停在岸边，动物都住在山上。

而动物园在陈鱼的记忆中之所以很大：一是因为那个时候的陈鱼实在是太小；二是因为动物园在岁月的模糊中和陈鱼的幻想中不停地在变大。

庄梓和陈鱼沿着石阶向上爬，看到了两只孔雀，没有开屏；看到了两只鹦鹉，没有说话；看到了一只大象，没有甩鼻子；看到了一匹狼，没有哀嚎。

最后，没有欢笑的庄梓和陈鱼来到了山顶，在山顶有一大群猴子住在有假山有树的笼子里，猴子们一刻也不消停，一直在上蹿下跳，吵吵闹闹。

陈鱼从书包里变出一个半生不熟的小苹果，用力扔了进去，那苹果小到只有一个乒乓球那么大，是她家院子里那棵树上结的。

但就是这样一个苹果引发了猴子世界的一场战争，所有的猴子都朝着苹果冲了过去，纠缠在一起，有猴子流血，有猴子倒地，有猴子哀嚎。没错，猴子最像人类。

"你要一个苹果吗?"陈鱼问庄梓。说完又变出一个苹果在掌心里。

庄梓接过苹果，小心翼翼地咬了一口，不是害怕有毒，而是那苹果实在太小，稍微不留意就会咬到手指。

苹果很酸，酸得庄梓直皱眉头。

"小熊在哪?"庄梓突然问陈鱼。

"就在那。"陈鱼指了指半山腰一处像地堡一样的地方。

"那我们还不快去!"庄梓说完拉着陈鱼飞快地跑了下去。

边跑，边把吃了一小口的苹果，再次扔进了猴子的领地，这次却没有猴子来抢，或许它们和庄梓一样，都觉得苹果很酸。

庄梓和陈鱼沿着石阶朝半山腰的地堡跑去，跑到一半的时候，陈鱼却突然放慢了脚步。

"你怎么了?"庄梓问陈鱼。庄梓感觉到陈鱼的手心都是汗。

"我有些害怕。"

"为什么啊! 你不是一直都想来看小熊的吗?"

"我也不知道。没事了，走吧!"

陈鱼也不知道自己为什么会紧张，或许只是因为那种感觉很像见一个阔别多年的情人，而那情人在她的记忆中又很美，最重要的是，她仍然深深爱着那个情人。

四年了，足够所有人来一次面目全非，小熊还会在吗？

陈鱼紧紧抓住庄梓的手，一步步地靠近地堡，在还有十几米远的时候，两人同时捂住了鼻子。一阵微风吹过，吹来一股突如其来的恶臭。

庄梓被臭得直皱眉头，陈鱼却一边捂住住鼻子一边向地堡跑去，她知道那臭味一定源于小熊。

两人跑上前去，扶着栏杆向下看去，哪里有什么小熊，只有一头大大的熊瞎子。

"小熊已经长这么大啦。"庄梓开心地说。

"可是怎么只剩下它一个人了？它爸爸、妈妈呢？它是男孩儿还是女孩儿？"庄梓一连串地问出了一大堆问题。

而陈鱼只是专心致志地解装鱼的口袋。

"嘿！小熊。我们来看你了。你还记得这个姐姐吗？她又来给你送鱼来了。可是新鲜的河鱼啊！"庄梓在和小熊说话。

可无论庄梓说什么，说多大的声，长大的小熊看都不看他一眼。

"看我的。"陈鱼已经解开了装鱼的口袋，并从中拿出一条最大的白鱼，奋力扔到熊的身上。

可那白鱼虽然是最大的一条，却也只有一根手指那么长，和长大的小熊比起来是那么的渺小，熊根本懒得动一下去看那条鱼。

任凭那条鱼在地上蹦来蹦去，或者叫垂死挣扎。

　　陈鱼又挑了一条第二大的白鱼，扔了过去，熊仍然没有理会。

　　最后陈鱼一怒之下，把整个口袋连鱼带水地摔了下去，然后拉着庄梓头也许不回地离开了。

　　口袋正好砸到熊的脑袋上，口袋破了，水淌到了熊的身上，鱼在挣扎。

　　熊低头看看鲜活乱蹦的鱼，又抬头看看已经没有人观望的栏杆和天空，终于大吃特吃起来。

　　或许刚刚熊早已认出了喂它鱼吃的小姑娘，就是四年前喂它鱼的那个小姑娘，它之所以不理不睬，只是，因为赌气陈鱼这么久也不来看它。

　　陈鱼和庄梓只要再等一会儿就能看到这个场面，但最终他们还是错过了。

　　其实见到这个场面，陈鱼也只会失望。四年前，那只小熊用了很长时间才把所有的鱼都吃掉，而且一直是很可爱的样子；而今天的这只大熊，只转了三下舌头就把所有的鱼都给吃了，还一副呆呆的样子。

　　"或许过两年，还会有一只新的小熊出生，到时候我们再来喂它吧。"庄梓看出了陈鱼不高兴，没话找话地在安慰她。

　　而陈鱼还是闷闷不乐，她有些失望，还有些失落。

　　"要不是我把风筝搞砸了，你就会在它没长大之前来看它了，就不会不高兴了。"庄梓内疚地说。

　　"没事了，长大也没什么不好。"陈鱼边说，边踮脚摸了摸庄梓的脑袋。两个人就蹦跳着快乐地下山了。

下山之后，陈鱼发现动物园里不知道什么时候新建了一个游乐场。里边有许多好玩的，旋转的飞机，旋转的木马，撞来撞去的小汽车……

陈鱼和庄梓在里边转了三圈，最后决定玩两个游戏，一个是旋木，一个是碰碰车。

陈鱼只带了二十元钱出来，买门票花了两元，木马和碰碰车一共要花掉九元，陈鱼不想全都花掉，她想去市场买两支新的钢笔，自己和庄梓一人一支。

陈鱼把自己的想法说给庄梓听，庄梓只是一个劲地点头。只要是陈鱼说的，无论是什么，他都会同意的。

这样，他们卖蘑菇的钱就只剩下五十块了，陈鱼也不知道留下那些钱具体做什么，她只是觉得应该留下点。

玩旋木的时候，陈鱼挑了木马，庄梓坐上了一头狮子，旋木随着音乐在转，两个人随着音乐在唱歌。

他们玩得非常高兴，尽管他们并不一定会背诵"郎骑竹马来，绕床弄青梅"。但他们却真的是"同居长干里，两小无嫌猜"。

在开碰碰车的时候，陈鱼在前，庄梓在后。碰碰车只有短短的两分钟，两个人一分钟用来启动，一分钟用来被撞。但两个人依然很开心，甚至忘记了那个令人失望的小熊。

玩累了以后，两个人走到在一小片松树林的阴影下休息。那天已经是八月的最后一天，所以尽管是正午，却也是阳光正好，微风也正合适。

开始是背对着背坐着，后来是庄梓靠着树干，陈鱼枕

在庄梓的小腿上，最后两个少年在树下悄悄地睡着了。

庄梓率先醒来，他是被饿醒的，他想到陈鱼一定也很饿。

"我不要钢笔了，把我的钢笔钱拿出来吃午饭吧。"庄梓轻轻地摇醒陈鱼说。

"呵呵，早知道你会饿。"陈鱼变魔术一般从书包里，拿出来一个铝制饭盒。打开盖子，满满一饭盒煎饺。

饭盒很快就见底了。一共二十五个，陈鱼吃了八个，庄梓吃了十七个。

"你还没吃饱吧。"庄梓抹了抹嘴，不好意思地对陈鱼说。

"反正回去也是你骑车。你要是内疚，就把我背出动物园吧。"陈鱼含着笑说。

庄梓二话不说，把陈鱼扔到后背上，朝正门的方向跑去，自行车停在那里。

两人原本打算去商店买钢笔，在进了几家商店转了几圈之后，发现他们手里的钱连一支钢笔都买不起。

最后两个人有些沮丧地来到一个批发小商品的市场，买了两支钢笔。

卖钢笔的老板一定要五元一支，两人求了半天，才肯八元卖给他们两支。

两人欢天喜地往外走。

陈鱼眼尖，看到市场里，有卖松树丁蘑菇的。

"多少钱一公斤啊？"庄梓嘴欠，问了一句。

"五十元。"卖蘑菇的人随后说。

这是庄梓和陈鱼第一次尝到了被欺骗的滋味。

最让他们想不通的是，当年还是他们求着那个人帮他们卖蘑菇——也就是求着那个人来欺骗自己。

所有人的一生中，都有共同的几件非常有意义的事情。比如出生，比如上学，比如第一次恋爱，比如第一次失恋，比如结婚，比如离婚，比如死亡……

相比之下，升初中是最不值一提的一件。

但庄梓和陈鱼仍然为此兴奋不已。

开学的那天是九月的第一天。九月，最阳光灿烂的一个季节。

和许多次一样，庄梓一大早起床去接陈鱼，而陈鱼早已收拾好一切，在门口等着庄梓。

两个人配合得已经十分默契。庄梓在路过陈鱼门口的时候甚至不用停车，只要稍微减速，把左侧的胳膊拿开，陈鱼就可以轻而易举地跳上单车的横梁。

中学在隔壁的村子里，骑车要四十分钟。

公路还是沙土路，路的两旁都是小山、大树，但还算平展。在通往学校的途中还有一个大坎，虽然上坎的时候会很累，但下坎的时候会很轻松，两下扯平。

庄梓和陈鱼以为自己起得很早，但走在路上才发现，有许多和他们一届或者大他们几届的同学都比他们要早得多。

有许多的学生因为家里没有自行车，所以要徒步去学校。这样，庄梓和陈鱼超过他们的时候，就有一些得意，却还要装作一点都不得意。这不是虚伪。

中学里的学生是由许多个小学里的学生组成的。按照学习成绩，一共分成三个班，每个班五十几个人。

庄梓和陈鱼挤在人群里，从贴在墙上的名单上寻找着自己的名字。

陈鱼的名字最先被找到，陈鱼被分到了一班，名字写在第一个。她小学升初中的成绩是所有的人中最好的。

庄梓的名字找了很长时间才被找到，他被分到了三班，第三十四名。

这让庄梓觉得很没面子，尽管他早已习惯，陈鱼什么都比自己好。

教室是一大排连在一起的平房子，初一年级的三个教室在最边上。

上课的铃声响了，刚才还挤在一起的人群，顷刻之间，都散去，走进了属于自己的教室。

公告栏的前面只剩下了庄梓和陈鱼两个人，两个人有些不知所措。

铃声响过一会儿，从办公室里陆陆续续走出十几个老师模样的人。

有几个目不斜视。

还有几个视而不见。

"你们是新生吧！哪个班的?"一个很好看的年轻女教师问他们俩。

两个人看了女教师一眼，谁也不说话。

"你们怎么不进教室呢?"女教师又问。

两个人还是不说话，甚至不再看女教师。

"你们叫什么名字?"

"陈鱼。"陈鱼先开口说。

"阿定。"庄梓随后说。

"怎么了?怎么开学第一天就闷闷不乐的?"女教师又问。

"我被分到了一班,他被分到了三班。"还是陈鱼先说。

"这怎么了?"女教师不解地问。

"我俩应该一个班。"陈鱼倔强地说。

"为什么呢?"女教师继续问。

"不为什么!"陈鱼的态度很强硬。

"可是你们已经被分到两个班里了啊!"女教师说。

"去骑车我们回家吧!"陈鱼转身对庄梓说,不再理会女教师。

"呵呵,你全名叫什么?"女教师问庄梓。

"就叫阿定。"庄梓说。

"有姓阿的吗?"女教师刁难了一下庄梓。

庄梓埋头苦想。整个村子里除了自己家好像真的没有姓阿的了。

"阿凡提!"陈鱼不耐烦地说。

"呵呵,你们先在这里等一下,我看看是否能把你们调到一个班里,不成的话你们再走,好吗?"女教师说。

"嗯。"两个人就默默地看着女教师离开,走到初一三班的门口,把教室里的老师叫出来,小声地说了几句话。

然后女教师笑吟吟地向陈鱼和庄梓挥手，示意两个人过去。

"以后你们两个就都是一班的了。"女教师说完，就朝着一班的教室走去。

"老师!"陈鱼说。

"嗯?"女教师回头。

"谢谢你!"陈鱼又说。

"不客气，快走吧!我们都迟到了。"女教师边说边加快了脚步。

"老师您姓什么?"陈鱼问。

"一会儿你就知道了。"女教师边说边放慢了脚步，等陈鱼赶上来。她喜欢这个涩涩的丫头。

三个人走进教室里的时候，刚刚还喧闹的教室顿时安静了下来。

"你们两个找坐位先坐下来吧!"女教师对跟在后面的庄梓和陈鱼说。

放眼望去，教室里只有中间的地方有一个空位子，因为庄梓是刚刚调到这个班级的，所以并没有他的桌椅。

"你去坐吧!"庄梓对陈鱼说。

"不去!"陈鱼说。

两个人就执拗地站在教室的最前边，靠墙。

"下课之后去三班搬过来一套桌椅吧!"女教师对庄梓说。

"嗯。"庄梓慢慢地点头。

"首先自我介绍一下，我姓林，是你们的班主任，下

面同学们也都自我介绍一下好吗？第一个陈鱼……"

"是耳刀东的陈，而不是沉鱼落雁的沉，不过没关系，以后大家可以叫我陈鱼，小鱼也行。"陈鱼听到老师叫自己的名字，很快地说，又很快地低下了头。

她聪慧而无辜的表情，轻淡而无谓的声音，使很多人迷恋。

……

"最后，请我刚刚从三班要过来的一个同学，介绍自己。"

"阿凡提的阿，镇定的镇，啊不，是镇定的定。有一件事情有言在先，我不喜欢别人给我起外号；如果有人起，后果自负。"庄梓说完也很快地低下了头，和陈鱼一个模样。

眼神清晰而游离，遥遥地望着教室里的其他人，远离。

下课之后，林老师带着庄梓去取了桌椅。

桌椅齐整之后，林老师让男女生按照大小个站成两排，对应的男女生就是同桌。

陈鱼的个子中等，但她执拗地拉着庄梓站到了最后一排。

林老师看见了，想说几句，但最终什么都没说。

陈鱼和庄梓终于如愿以偿地分到了一个班级，再次做成同桌，在教室的最后一排。

第一天，相安无事，但紧接着糟糕的事情就接踵而至。

首先有一个叫大牛的大个子男生向庄梓挑衅，给他起外号叫"小腚"，就是小屁股的意思。

庄梓用椅子把他的胳膊给打折了，住进了医院。

大牛出院以后，不敢直接招惹庄梓，就开始将怒火转向陈鱼。

小鱼、鲫鱼、鲤鱼、草鱼、鳄鱼……一天换一个外号，到第二十一天中午，趁庄梓不在，大牛终于把外号换到臭鱼的时候，陈鱼把一瓶墨汁，淋漓尽致地挥洒到了大牛的身上，使得大牛变成了一条名副其实的臭牛。

大牛勃然大怒，要对陈鱼大打出手，庄梓刚好在这个时候赶回，将大牛摁在地上，随手将桌子拽倒摁在大牛的身上，自己顺势扶着桌子起来。

大牛被桌子压在地上不能动弹，嘴里却一直在骂骂咧咧地重复着"一对臭鱼烂虾！……"

庄梓一怒之下，一脚踹在大牛胸膛之上的桌子，顿时桌子上的纸片漫天飞舞。

初中很快就过了，转眼两人已经到了初中的最后一年。

初三的一个星期天，陈鱼和庄梓一大早骑车来到学校。

两年多来，两个人一直都是这个样子，在星期天躲在学校里过快乐的二人世界。陈鱼有教室的钥匙。

但这次，在发生这样的事情之后，两个人来到这里，更多的原因是，逃避。

陈鱼打开教室的门，两个人把教室里所有的坐垫都拿

到墙脚铺到地上。

之后两个人把鞋拖去，并排靠着后墙坐在垫子上，陈鱼在看书；庄梓在看天。

"你在看什么书呢?"庄梓问陈鱼。

"漫画书。"陈鱼头都不抬地回答。

"讲什么的?"庄梓又问。

"在世界的某个角落存在着这样一座城市，这个城市，富足而安宁，没有战争，没有饥饿，甚至没有死亡，人们生活得幸福祥和。城市中惟一奇异的事情，是城市上空的太阳有时候不是圆形，而是呈现出扁长或扭曲的样子。但城里的所有人对此并未留意，除了一个孩子。有一天，他在思索中随手将小石头掷向太阳。令他万分惊奇的是他竟然掷中了。太阳被石头击散，霎时间消失，但天空并未黑暗。他抬起头等了一会儿，看见太阳模糊地出现，晃晃悠悠中渐渐拼和，最终完好无缺。"

庄梓听得很出神，陈鱼却在这个时候停了下来。

"接着讲啊!"庄梓央求陈鱼。

"好听吗?"陈鱼问庄梓。

"好听，接着讲啊!"庄梓再次要求陈鱼。

"完了。"陈鱼有些难过地低下头。

"可我还没有听懂!"庄梓有些焦急地说。

"你总是这样，整个事情就是这样，你就不能想想其中的原因。"陈鱼生气了。

"我想不出。"庄梓有些无辜地说。

"不是你想不出，而是你压根就不去想。"陈鱼愤怒

了。

　　"也都怪我，什么事情都替你想好，惯坏你了。"陈鱼接着，降低了声音，自责地说。

　　"那个城市是早已被淹没的城市，那些人是在灾难中早已死去的生命。灵魂带着城市的记忆留在了海底，却并不自知，还以为自己活着，并且生活得幸福祥和。"随后陈鱼再一次解释了故事的原委，不是最后一次。

　　庄梓听完故事之后，动了动嘴，却什么也没说出来。只是一脸的绝望。对于他，现实和故事一样令人绝望。

　　陈鱼把庄梓揽在怀里，抚摩着庄梓的脑袋，什么也说不出，面对这样的现实，即使聪明如陈鱼，也无可奈何，只能眼睁睁地看着。

　　"我总觉得这好像就是一场梦，我总盼着会有一天醒来。"庄梓满脸委屈地说，却并没有哭。

　　"若是一直不醒你打算怎么办？"陈鱼问。

　　"等着毕业，考上高中就读；考不上就出去打工。"庄梓说。

　　"你总是这样，如果这条路走不通，就去走另外一条，你就不能认准一条坚定地走下去，是光明就看到，是墙就撞死。"

　　"你想我走哪条？"

　　"你怎么就不明白，从上初中的那一天，我要同你一个班，和你做同桌，不就是希望能带着你，读高中，读大学，我俩一起走出去。"

　　"现在呢？"

"我对你死心，对自己怀疑。"

"我也是对自己死心，但对你却充满信心。"

"呵呵，没有人比我自己更了解自己了，我已经有很久都没有学习了。"陈鱼苦笑了一下说。问："会好起来吗。"男人凝望天花板回答："不，不会，或许。"然后用手掌，轻轻握住女孩儿光着的脚。

初中毕业之后，陈鱼在家待了一年。

"我们在一起吧！"某一天，庄梓偶然地说起。

陈鱼一呆，然后说："等长大了吧！"

"我们现在不就已经长大了吗?"

陈鱼一惊，然后说："长大，是从离家的那天开始的。"

第二天，陈鱼就独自一人来到了城市。

从此之后，陈鱼和庄梓两个人，天各一方，杳无音讯。

这个世界上，总有一些在某一段失去非常亲近的人，一次离别之后，就再也没有任何关联。

而他们之间曾经发生的那些事情，也似乎是上辈子的事情了。

跋

追寻幸福

陈鱼的过去，就是庄梓的——陈鱼已经将自己的过去送给了庄梓。这个世界上，如果爱情不能永恒，未来不能肯定，那么，两个人守候着一个美丽的过去，就成了一件最令人欣慰的事情了。

请原谅我。

之所以给陈鱼一个美丽的过去，是为了给自己一个明亮的将来。

尽管明亮对于寻找未必是件好事，因为在黑暗中寻找光明毕竟是一件很容易的事情，而人在光明之中，通常会不知道自己在寻找什么。

于是一遍遍地重复那个关于寻找的故事：

"一个男人在公路上寻找一个女人，一个女人在找寻她死去儿子的影子，一个儿子在努力回想一根红色布条代表的含义，一个红色布条唤醒了一个诗人，一个诗人每晚在睡梦中来到一个地方

徘徊，自言自语地问，难道你就不曾丢失过什么吗？"

我不清楚自己是否丢失过什么，但我能肯定自己在寻找什么。幸福，简单而又意味深远的两个字。

一直以来爱情都是幸福的底线。

上天安慰我们这世界一定有一个另一半在等着我们！根本就是一个人的问题最终成了两个人的麻烦，不过多数人仍然觉得，两个人的世界就是天堂。

然而生活毕竟不会像传说中的那样，那种如醉如痴的不期而遇，并最终导演了一段天荒地老的传奇，万中也未必有一，多是可遇不可求。

因为，两个人的事情，哪里讲得清楚道理呢？

一直以为这个世界上只有两种人：一种像家雀，不愿意挪窝；一种像候鸟，永远在路上。前一种的幸福在于安稳，后一种的幸福在于漂泊。

于是当我在安稳和漂泊之间晃来荡去仍然感觉不到幸福之后，只好把自己假定为第三种人，第三种人是小鸟，只要蛇不在就乐不可吱。

谁都在期望那种幸福，遇到那个与子偕老的

人，与其一起喝一钵清汤，吃一碗素面，简简单单，风轻云淡。

最怕的是一直以为幸福始终在远方，并为此而跋涉牺牲，而真正到了远方回头看来，才最后发现，那些爱过的人，握过的手，唱过的歌都早已错过。

我也怕。所以一直尽心尽力地和那些不在一个城市的老朋友密切联系，尽管早就知道，所有的朋友最后都只能遥遥相望，但还是，尽人力吧。

毕业三年了，有时候会感到豁然开朗，有时候也会感到路尽途穷。许多事情都渐渐地改变了，变得不似当初想的那副模样，变得面目全非，不变的依然是：

感谢 Hyla！

关于许明的点滴

最喜欢的电影？

《这个杀手不太冷》——其实很难说是最喜欢，只不过一直记得里边的一句对白：

玛蒂尔德：人生如此辛苦，童年如此，或许长大就好。

莱昂：一直。

第一次看这部电影的时候，比玛蒂尔德大不了几岁，也存有那样的幻想。只是越长大，对莱昂那简单的回答体会越深，一直，似乎一切真的早早就已注定。

怎么会选择写作？

生存在现实世界的我们，总是会被一些幻想

世界无可救药的打动。而往往都是作家创造了那些世界。很崇拜希望自己也能创造一个令人神往的世界。

心存浪漫。事实上一个心存浪漫的人自己就是一个世界，那么他所讲述出来的故事，不过是他搭建的那个世界而已。所以，最重要的是要有搭建这个世界的能力。就是打扮成一个普通人的模型，面对世上的一切虚与委蛇，既不削足适履，也不撞得头破血流，而是有足够的力量建造自己的世界，坚持自己的原则和生活方式。坚持自己可以像鸟一样自由的飞——思绪自然也就飞了起来。

写给谁？

写给那些小声说话，心不化妆，在城市间走来走去的小众。

刚刚是开玩笑。当然是希望越多的人来看我的书来买我的书，越好。（笑）

幻想就是你生活的全部吗？

幻想的故事固然飘逸，但是过于寂寞，于是不免有一些关于爱情，欲望，追逐，放荡之类的来填充生活。（笑）

小说的内容多是关于青春的，怎么评价青春？

青春是糖，甜到悲伤。青春，似乎迷梦，似乎浮生，没有历史，没有恩怨有人在等爱，有人在做爱。

青春是变化莫测的，有一句形容青春的诗句最能打动我：

美丽的故事开始了。于是剧终了！

杞人忧天？

我对这个世界充满了恐惧，因为当在这个世界上最先进的国家再出现一个像希特勒那样的人，他所拥有的武器会将整个世界毁灭；我对这个世界充满了恐惧，因为我深深地爱着这个世界。

人类正像当年的恐龙一样统治着这个世界上的一切，灭绝是恐龙不可抗拒的规律，如果恐龙是因为不可抗拒的外因造成了灭亡，人类会不会是因为自己而造成了毁灭？

最异想天开的胡思乱想？

地球会是一个大的生命吗？如果是，我们也不过是稍微聪明一点的寄生虫，像跳蚤生在狗身上，地球不高兴了或者高兴了，就会火山喷发，地震，弄个风暴龙卷风出来，玩玩。就好像狗抖

毛一样。事实上无论跳蚤怎么努力，都无法阻止狗抖毛，人也一样，所以人也应该像跳蚤一样，安静的唱歌，快乐！

最恐惧的事情?

无助。

人在很多时候会觉得非常无助。比如守着一部不知道何时才能打通的电话，比如等着一个不知何时才能回来的人，比如等待一件事情的发生和另外许多的事情的终结。

挫折时怎么鼓励自己?

新生活不是从太阳再次升起的那一刻开始的，也不是一段生活终结的时候开始的，而是从给自己设定目标的那一天开始的。而只要一直朝着那个方向走，就真的会梦想成真。（要走正路）

理想?

和这个故事中的老人一样——做一个午夜的急行军，脖梗里插着牌子：死便埋我。

"饕餮80后"第二辑

超级唯美经典中国版《狼的诱惑》
网络点击率超过 *1000000*！

内容简介：

感情的世界，三个人是不是太挤？

左手是爱她的人，右手是她爱的人，这条路她究竟该牵着谁的手走下去？

那年，烟花特别绚烂。

《哪只眼睛看见我是你弟》
阿白白　著
南海出版公司
2005 年 10 月出版
定价:19.50 元

新派纯情搞笑力作
纯情女生凉凉之纯棉制品
"棉花糖之年"的"80后"实力之作

内容简介：

一个古灵精怪的女孩儿。淘气、任性、恶作剧不断，却善良、单纯、藏着暗恋的秘密……

一个帅得叫女孩子尖叫流口水的男孩儿，霸道、聪明，却在不经意间透出让人会心的体贴细心……

本来毫无瓜葛的两条平行线却在某天突然有了交集……

《面包树下的棉花糖》
凉凉　著
南海出版公司
2005 年 10 月出版
定价:19.50 元

一部风格诡异的经典城市童话

黑得丰盈 疯得绝望

《卖票的疯人院》
许明 著
南海出版公司
2005 年 10 月出版
定价:16.50 元

内容简介:

在老人人生最后的几个月里,他建立了一所特殊的疯人院,那是天堂的隔壁,里边展示着与疯子只有一线之差的天才。就在这样一个地方,一个飘忽、漫不经心的少女,一个无绪、精力旺盛的少年与老人不可避免的相遇,创造了一个迷离的世界。

狂放的故事 虚无的路

流连的年代 无结局的少年电影

《四城》
艾成歌 著
南海出版公司
2005 年 10 月出版
定价:19.50 元

内容简介:

这是一个虚妄狂放的故事。四个人的城市,五个华美少年,惊艳六载,一生牵拌。

这是从无到有的虚无之路。最风流的少年,最美好的女孩儿,最残酷的青春,最求不得的永远。

这是我们流连的时代。岁月之歌,渴望留住所有的美好。

这是早猜到结局的少年电影。友情在左,爱情在右,中间是飞驰而过的时光……

"饕餮80后"第一辑

余秋雨先生高度赞扬的"80后"实力战将
同龄人无与伦比的语言功力
历史与现实交错诞生纯洁疼痛的文字

内容简介:

白瞳生在西北白家淀一所闭塞、封建、脱离了时代的白家大宅,六岁时开始逃离白家大宅,先后邂逅了野孩子秦乐羽、歌声绝美的伊霓裳、英俊且喜欢打架的尹凌末,一系列的情感纠葛,恍如隔世的恋情……

《色》
袁帅 著
南海出版公司
2005年1月出版
定价:16.00元

拥有明媚、伤感、低沉、固执、内敛于一身
集合诡异、奇幻、神话、古典、传奇于一体

内容简介:

一本经典的奇幻故事集。人间、天界、阴界人物交织的情感,其中有亲情、友情,更有爱情。八个精美故事中的八个女子,她们生活在不同的时代背景下,有着一些相同或相似的性格,感伤的氛围,却令人无限怀念……

《天爱走失》
钱其强 著
南海出版公司
2005年1月出版
定价:16.00元

一部厚厚黏黏的青春哲学

开创新生代心灵文字的旗帜文学

《她不住在这儿了》
许明 著
南海出版公司
2005 年 1 月出版
定价：16.00 元

内容简介：

　　初中，何声和麦子在没有说过一句话的单纯中相爱了。一直到大学毕业，两个人也只通过两次信。大学毕业后，何声怀着几近恐惧的心理到上海找麦子，麦子却不在了。于是何声在充满了麦子气息的小屋中，尽情地幻想着现实中的麦子并等待着麦子……

纯情无极限

真正颠覆畸形言论及思想的"中国大学派"

《老老实实上大学》
谢恬 著
南海出版公司
2005 年 1 月出版
定价：14.00 元

内容简介：

　　"我"糊里糊涂地进入某重点大学，糊里糊涂地和英语同桌湘湘谈起了恋爱，糊里糊涂地开始纯情起来，糊里糊涂地搞了一次"婚外恋"，糊里糊涂地和湘湘分了手，糊里糊涂地和湘湘重逢在异想不到的地点……